だいわ文庫

言葉の園のお菓子番
大切な場所

ほしおさなえ

大和書房

言葉の園のお菓子番 目次

言葉の園のお菓子番

大切な場所

人物紹介

豊田一葉　もとチェーン書店の書店員。祖母の縁で連句会「ひとつばたご」に参加する。いまはポップ作成の仕事をしながらブックカフェ「あずきブックス」で働いている。
豊田治子　一葉の祖母。故人。「ひとつばたご」ではお菓子番を名乗っていた。

＊連句会「ひとつばたご」メンバー
草野航人　「ひとつばたご」主宰。印刷会社勤務。大学時代、吉田冬星から連句を教わる。
岡野桂子　俳句結社に所属。
手嶋蒼子　出版社の校閲室に勤務。
神原直也　カルチャーセンター勤務。
中村悟　弁護士で歌人。川島久子の弟子。
松野陽一　フリーのシステムエンジニア。
秋山鈴代　広告代理店勤務。
宮田萌　「あずきブックス」の菓子作り担当。
大崎蛍　大学生。川島久子の教え子。
大崎海月　高校生。蛍の妹。

＊その他連句関係
川島久子　歌人。大学、カルチャーセンターなどで短歌を教えている。
吉田冬星　航人、治子、桂子の連句の師匠で、かつて連句会「堅香子」の主宰。故人。
上坂柚子　小説家。川島久子の友人。マンガ家から転身し、シリーズものを多く手がける。
城崎大輔　若手歌人の茜、翼、一宏、久輝が結成した連句会「きりん座」のメンバー。大学時代は写真部。生活雑貨店に勤務している。

＊ブックカフェ「あずきブックス」関係
中林泰子　店主。孫娘の怜とともにブックカフェを立ち上げた。カフェ担当は岸田真紘。

お化け階段

1

八月の終わりごろ、大輔《だいすけ》さんから撮影のことでメールがあった。

大輔さんというのは、わたしの連句《れんく》関係の知り合いである。今年のはじめに連句の大会がおこなわれ、わたしが所属している連句会「ひとつばたご」も大会に出場した。大輔さんは同じく大会に出場していた「きりん座」という連句会のメンバーで、大会の会場で知り合った。

きりん座のメンバーは二十代から三十代のはじめ。編集者やデザイナーなど本の編集にまつわる仕事をしている人も多く、短歌・連句・エッセイを掲載した「きりん座」という同人誌を作り、「文芸マーケット」という創作文芸サークルの大きな即売イベントに参加している。

大輔さんがひとつばたごに来てくれたり、蛍《ほたる》さんとわたしがきりん座の定例会に出かけたり、ということがあって、わたしも「きりん座」にエッセイを掲載してもらった。

エッセイには父の話を書いた。

父は大学時代写真部に所属していて、わたしが子どものころまでは写真を続けていた。休日になると、わたしはよく風景を撮る父に連れられて近所を散策した。しかし、家の近くにある「夕やけだんだん」という階段坂の写真で地元のコンクールに入選したあとは、ぱたりと写真をやめてしまった。

最近たまたま父からそのときの経緯を聞き、とても印象深かったので、エッセイの題材にしたのだ。

大輔さんも写真が趣味だそうで、しかも坂道をよく撮っている。それで、わたしのエッセイに出てくる父の写真に興味を持った。

大輔さんは、坂をテーマに写真と文章を組み合わせたあたらしい雑誌を作ることを考えていたらしく、父を引き合わせたところ、意気投合していっしょに雑誌を作ることになった。

父のむかしの写真と同じ場所を同じ角度から大輔さんが撮影し、二枚をならべることで土地の移り変わりがわかるようにする趣向だ。いつのまにか父もすっかりやる気になっていて、雑誌作りについていてもいろいろ助言している。

今年の十一月に開催される文芸マーケットに雑誌第一号を出すことになり、相談した結果、雑誌ごとに地域を特集する形式で第一号は谷根千《やねせん》、つまりうちの近所を取りあげることになった。

父は、このあたりならむかしたくさん写真を撮っているからネタに困らないし案内もできる、と言い、九月になったらいっしょに撮影に行くことになっていた。

メールは父とわたし両方に届き、そろそろ撮影の日程を決めたい、と書かれていた。編集や印刷のスケジュールを考えると、雑誌作成に使う原稿や写真などは、すべて十月のはじめまでにそろえておきたいとのことだった。その後大輔さんが編集作業をおこない、十一月はじめに印刷所に入稿する。

撮影はその日の天候に左右されるので、早いうちから、この日、と限定してしまうのは危険がある。大輔さんのメールには、九月前半の土日はすべてあけてあります、とあり、父も、その日は自分もほかの予定を入れないようにする、と返信していた。

父はその後数日天気予報とにらめっこを続け、第一週の土日は天気が思わしくないらしいということで、第二週の土日いずれか、どちらも雨だった場合は翌週に持ち越し、と提案し、大輔さんからもそうしましょう、という返事が来た。

わたしは書店に勤めているため、土日に休むのはむずかしい。月に一度、ひとつばたごの連句会のある土曜を休みにしてもらっているので、ほかにも土日に休みを入れるのは申し訳ない。

この前も大輔さんと父だけでカフェで長々と写真のことを話していたし、ふたりだけでも問題ないだろう。それで、撮影には大輔さんと父だけで行ってもらうことにした。

父はかなり楽しみにしているみたいで、撮影場所をいろいろ考えていた。自分が過去に撮った写真を引っ張り出し、日々撮影コースのプランを練り、夕食のあとに写真とプランを何度も見せられた。

プランを見せられるたびに、ずっと住んでいるからとりたてて意識したことはなかったけれど、このあたりには坂が多いんだな、と思った。ひとつばたごの定例会がおこなわれる大田区も坂が多いが、このあたりにも坂はたくさんある。

なかには名前のついた有名な坂も含まれていた。まず、根津《ねづ》神社の南側には有名なS坂がある。文京区にはかつて文豪や文学者が多く住んでいたので、文豪ゆかりの場所がいろいろある。このS坂という名は森鷗外《もりおうがい》の小説に由来している。

根津神社の周辺には根津裏門坂や異人坂という名前の坂があり、根津神社から異人坂に行く途中には、お化け階段と呼ばれる階段坂もある。

大輔さんの「坂が好き」という趣味も、最初聞いたときは変わっているな、と思ったけれど、記憶をたどるとわたしのなかにも父と歩いた坂の風景がある。たしかに坂のある場所は平らな場所より変化があっておもしろい。

きっと父もそういう風景が好きだったんだろう。コンクールで賞を取った夕やけだんだんの写真も、たしかに空の色のうつくしさもあるが、階段坂の上から撮った風景だったからこその良さがあったんだと気づいた。

広い河原のような場所は空が広い。町なかにはそういう広い空はない。だが、坂があれば別だ。高低差のせいで、空がぐっと開けて見える。夕やけだんだんのまわりはそこまでぽっかりひらけているわけじゃないけれど、むかしながらの町の風景と広い空が共存していて、そこに味わいがあったんだな、と思った。


撮影日が近づいて、コースもようやく固まったみたいだ。

根津、千駄木《せんだぎ》、谷中《やなか》と距離にしたらたいしたことはないのだが、坂を網羅《もうら》するためコースがジグザグで、せっかく坂をのぼったのにすぐとなりの坂をくだる、というわけのわからない道筋だ。

父は完璧だと言っていたが、果たしてこんなコースに付き合ってもらえるものなのか。さらに、せっかくだから自分も撮影してみようと言って、古いカメラやレンズを確認し、フィルムまで買ってきている。

楽しそうなのはいいことだが、父を紹介したことでかえって大輔さんに迷惑をかけてしまったのではないかと心配になった。

しかし父がメールでコースを記入したマップを送ると、大輔さんから「すごく楽しみです！」という興奮した文面のメールが返ってきた。大輔さんが坂好きだったことをあらためて思い出し、坂好きとはこういうものなのか、と苦笑した。

父は毎晩天気予報をチェックしている。土曜は一時雨の可能性もあるが、日曜は大丈夫みたいだ。曇りだが降水確率は低い。それで金曜日の夜に大輔さんと三人でオンライン通話で相談し、日曜の朝七時半に集合と決まった。

七時半？　驚いて思わず訊《き》き返したが、父は当然のように、撮影は午前がいいから、と言う。午前の早い時間の方が光が良いのだそうで、大輔さんも、そうですね、と同意している。

とにかく、父も大輔さんも「坂好き」で「写真好き」。素人にはわからないが通じ合っているみたいだ。

七時半集合であれば、わたしの出勤時間よりだいぶ早い。勤務先の「あずきブックス」は上野《うえの》桜木《さくらぎ》で、今回の撮影ポイントから歩いていけるから、最初だけ同行することにした。

考えてみれば、父はコンクールのあと写真を撮るのをやめてしまったので、もう長いこと撮影する姿を見ていない。あのころは理屈もなにもわからなかったが（そしていまもなにもわかっていないのだが）、いま見ればちがうことを感じるかもしれない、と思った。

2

撮影当日は朝六時半に起きた。ふだんの仕事の日よりずっと早く、アラームが鳴ってもしばらく起きあがれなかった。なんとかベッドから出て、顔を洗う。うちは近いからいいけど、遠くから来る大輔さんはもっと早く起きなければならないわけで、たいへんだな、と思った。

店長の泰子《やすこ》さんにお願いして、今日は十一時出勤で良いことになっている。最初に行くのは根津神社方面で、あずきブックスとは反対方面だが、十時半ごろまでは撮影に付き合えそうだ。

着替えてリビングに行くと、父はもう完全に身支度を整え、荷物のチェックをしている。母も今日は出勤のようで、三人で簡単な朝食をとる。母が出るのは少しあとでよいようで、父とわたしは片づけをして家を出た。

やや曇っているが、父はこれはこれでいいと言う。

「なんで？　撮影するなら晴れてた方がいいんじゃないの？」

晴れの日は景色がきれいに見える。山でも海でも町でも、晴れた日に見ると色あざやかだ。反対に、どんなに絶景と呼ばれる場所でも雨や曇りの日に見ると全体にどんよりして印象に残らない。

「そうだな、晴れの日の方が色はきれいに見えるからね。海や湖も晴れていれば青く見えるけど、曇りだと冴えないよな」

父は空を見あげながらそう答えた。

「でも、モノクロだと色は写らないから。空も海も、そもそも青く撮れない」

「ああ、そうか。たしかに」

「前にも話した気がするけど、モノクロの写真だと陰影が大事なんだ。晴れてあまりに日差しが強い日だと、日が当たっているところは、ぱあん、と白くなって、影は真っ黒になってしまう。細かい陰影がうまく出ないことが多いんだ」

そう言われてみれば、以前写真の話をしたときにも父はそんなことを言っていた気がする。黒のなかの細かいグラデーションを表現するとかなんとか……。

「白と黒にぱきっと分かれた写真っていうのもあるよ。中間が全部飛んじゃったような、いわゆるコントラストの強い写真。それが悪いわけじゃないんだ。インパクトがあるから、わざとそう撮る人もいる。けど、印画紙にはもっと細かい表現ができるんだから、もったいないような気がしてしまって」

父はそう言って笑った。

「大学時代、先輩に連れられてむかしの写真家の写真展を見にいって、ここまで繊細に表現できるんだ、って驚愕したんだよね。大型カメラで撮られたものだからフィルム自体が大きくて、わたしたちが使っていた三十五ミリカメラとくらべてもしようがないんだけど」

「どうすごいの?」

「白から黒への段階が無限にあるみたいに思えるんだ。写真集もあると思うし、ネットでも紹介されてるけど、その細かさはオリジナルプリントじゃないとわからない。厳密に言えば、まったく同じプリントっていうのはできないんだ。版画と同じだよ」

「そうなんだ」

「そもそもモノクロ写真って変なものなんだよ。特殊な色覚の人もいるけど、多くの人にとって世界には色がついている。モノクロの世界なんて現実では見たことがない。目で見ている世界とはちがうのに、すごくリアルなんだ。手触りが伝わってくるみたいで。その質感を生み出しているのが無限のグラデーションで、そこに憧れたんだよね」

父は言葉を選んでいるのか、いつもよりゆっくりと話した。

「で、繊細なグラデーションを表現するには、曇りの方がよかったんだ。晴れだと光が強すぎて、あかるい部分に合わせれば黒が潰れ、暗い部分に合わせれば白が飛んでしまう。もちろん、どんな条件でもいい写真を撮らないといけないんだけどね」

「でも、今回の雑誌はフルカラーなんだよね？　城崎《きのさき》さんの写真もカラーなんじゃないの？」

城崎さんとは大輔さんのことだ。連句の習慣でふだんは名前で呼ぶが、父は苗字で呼ぶので、わたしも父の前では城崎さんと呼んでいる。前に大輔さんから話を聞いたとき、写真がメインの冊子だから、ページ数は少なくする代わりに、表紙本文ともフルカラーにすると言っていた。

「そうだね。でも、基本的なところはカラーでも変わらないから。晴れていれば色あざやかな写真が撮れるかもしれないけど、写真の表現はそれだけじゃないんだよ。細部をきめ細かく撮るにはこういうやわらかい光の方が良かったりする。要は撮り方なんだ。城崎さんもそのことはわかっていて、そのつもりで来てると思うから」

「そういうものなんだ」

父に写真の話を聞くと、そのたびにあたらしい知識が出てくる。スマホならシャッターボタンを押すだけでそれなりの写真が撮れるけれど、むかしの人たちはこういう知識を駆使して撮影していたんだろう。だからこそ、すべて機械まかせの写真には納得がいかないところがあるのかもしれない。

「結局、お父さんはいまでもフィルムカメラのモノクロの写真が好きなんだね」

「卒業して大学の暗室も使えなくなったし、そもそも現像なんてしている時間もなくて。それで、現像は業者にまかせると決めて、思い切ってカラーに変えたんだ。それはそれで楽しかったんだけど」

「夕やけだんだんの写真もカラーだったもんね」

「そう。あれは色ありきの写真だからね。夕焼け空の色を撮りたかった。自分なりにこだわって、できることは全部やった、と思ったんだよな。仕事の方も楽しくなってきていたところで、それですっぱり写真はやめたんだけど……」

父はそこで少し言葉をとめた。

「老後の楽しみにとっておこう、みたいな気持ちも少しあったんだ。定年退職したあと、もう一度できるかもしれない、って。でも、そのときもたぶんデジタルカメラじゃなくて、むかしのこいつでモノクロ写真を撮りたいと思ってた」

そう言って、首からさげた古いカメラを指《さ》した。

「引退したら時間はたくさんできるだろうし。まあ、最初は現像は業者に出してもいいのかもしれないけど、やっぱり自分で現像したいんだ。いま思うと、わたしにとって写真の喜びの多くの部分が現像にあったような気がして……」

「現像に？　でも、すごく手間がかかるんでしょ？」

「まあね。しかも、撮ったときにはなにが撮れたかわからない。現像してはじめて像と出合える。でも、だからこそ印画紙に像が現れるときはいつも驚くんだ。なんて説明したらいいのかわからないんだけど、それ自体が不思議で、写っていること自体がすごいことのように思えるっていうか……」

　父は言葉に迷っている。

「古いし、手がかかるけど、もう引退後の趣味だしね。写真家になろうってわけじゃない。自分で楽しむだけなんだから、その写ってしまう不思議を味わうだけでもいいのかもしれないって思うんだ」

　晴れ晴れした顔でそう言った。

「現像液のなかで印画紙に像が浮かびあがってくるときは、ほんとうに不思議な気持ちになるんだよ。魔法のような瞬間なんだ。現像というものが忘れ去られてしまうのは、ちょっともったいない気がするね」

「そんなにおもしろいんだ」

「うん。だからゆくゆくは家に暗室を作って、自分で現像したいな、って」

　父がぼそっと言う。

「え、暗室を？　どこに？」

いまの家には空き部屋はない。リビングダイニングのほかは、父の部屋、母の部屋、わたしの部屋。それから、兄が使っていたあと祖母が使い、いまはわたしの本が収まっている部屋。本さえ片づければ、あそこを使えないこともないけど……。

「まあ、一葉《かずは》もいつかはうちを出るだろう？」

「え？　でも、いまは職場も近いし……」

二十代後半だし、いつまでも実家にいるのもどうかとは思うのだが、あずきブックスには家から歩いて通えるから、引っ越すなんて思いつかなかった。

「いや、だっていつかは結婚だってするだろうし……。あ、いや、別に結婚しろって言ってるわけじゃないんだけど」

「結婚はともかく、いつかは家を出ることもあるだろうけど……。でも、そうじゃなくてもあの部屋の本を片づけることはできると思うよ。がんばればわたしの部屋に入れることもできるかもしれないし。引退後に趣味があるのは大事だし、暗室を作るの、いいと思う。そんなにおもしろいならわたしものぞいてみたいし」

「ただ、薬品の匂いがあるからね。母さんが許してくれたらだけど」

父が笑った。

「そんなことを考えるようになったのも、城崎さんがわたしの写真に興味を持ってくれたからなんだ。わたしにとってはおもしろいけど、これから役に立つ技術か、って言われると疑問だしね。でも、関心を持ってくれる若い人がいるなら、続けることにも少しは意味がある気がして」

老後の趣味と言いつつも、見せる人もなくひとりきりで続けるのはさびしいだろう。もしかしたら大輔さんには迷惑をかけているかもしれないけど、父にとってはほんとにいい出会いだったんだな、とちょっとうれしかった。

3

待ち合わせ場所に着くと大輔さんはもう来ていた。タブレットをじっと見ている。

「おはようございます」

わたしが声をかけると、顔をあげた。

「おはようございます。今日はよろしくお願いします」

そう言って、父とわたしに頭を下げる。

「朝早くに呼び出してしまってすまないね」

父が言った。

「いえ、とんでもないです。自分の雑誌のことですから。こちらこそせっかくのお休みにお付き合いいただいて恐縮です。あの、そのカメラは……」

大輔さんが父の首からさがったカメラに目をとめる。

「うん。むかし使ってたカメラだよ。今日は久しぶりにこれで撮影しようと思って、フィルムも入れてきた」

父はうれしそうにカメラを少し持ちあげる。

「どうせだからと思ってモノクロフィルムにしたよ。暗室がないから、現像は業者に出すことになるけどね」

「そうなんですね。でも、楽しみです。できあがったらぜひ見せてください」

「いやいや、もう何十年も撮ってないからね。いろいろ忘れてしまってるし、ちゃんと撮れるか怪しいもんだよ」

父が苦笑いする。

「そんなことは……。でも、ほんとにフィルムカメラなんですね」

大輔さんがカメラをしげしげと見る。

「そうだよ。だからデジカメみたいに確認用のスクリーンもないし、デジタル機器にも接続できない。画像もフィルムに記録されるだけ」

父はカメラを首から外し、大輔さんに手渡す。大輔さんはカメラを手のなかにおさめ、裏側を見たり、ファインダーをのぞいたりしている。

「これがカメラ本来の形なんですよね」

「いや、カメラの進化ということで言えば、これはもうだいぶ進化した形だよ。本来の形っていうのは、ダゲレオタイプ……いや、原理を言えばもっとむかしにさかのぼるわけで。ダゲレオタイプだとフィルムもないから複製もできない」

「複製できない？」

驚いて、わたしは訊いた。

「そうだよ。そのころは板に薬剤を塗って、一枚ずつ感光板を作ってたんだ。それを木の暗箱《あんばこ》に取りつけて撮影して、現像したものがそのまま像になる。その一枚しかできない。露光《ろこう》時間も長く必要で、初期のころは十分とか二十分かかったらしいよ。被写体はそのあいだ動けないんだ。レンズと薬剤の開発でそれが一分から数十秒になって、肖像写真が撮られるようになった」

感光板を自分で作っていた？　だが、そもそものころは写真という技術自体がなかったんだ。まさに発明。無からなにかを生み出す偉業である。

「まあ、カメラの歴史を話しだしたら、時間がいくらあっても足りないからね。ここで立ち話で語れるレベルじゃないし、また今度にしよう。とにかく、感光板からはじまって、フィルムというものが開発されて、引き伸ばしたり、焼き増ししたりできるようになって、サイズも小さくなって……。機械の方もだんだん小型化してこのサイズになって、ふつうの人が持ち歩けるようになった。そこまで長い歴史があるんだよ。光学カメラとしてはこの形は本来の形というより、むしろ最終形態に近いと思う。このあとデジタル技術が導入されていくけど、それはまた別の話で」

「そういえば、僕らが使っているデジカメもこれと似たような形ですね」

「原理はよくわからないが、レンズの大きさは光学的なものだから変えられないいんだろう。箱の部分はフィルムがないんだからもっと小さくできそうだけど、持ちやすさを考えるとあまり変えられないのかもしれない」

「でも、スマホのレンズはもっと小さいよね？」

「あの大きさであれだけきれいな写真が撮れるんだからすごいもんだよな。わたしはあまり使う気になれないけど、それはむかしの記憶に縛られているからで……。まあ、本音を言えば、あたらしい機器を使うのは若者の方が全然うまくてかなわないから、悔しいっていうのもあるのかもしれないな」

父は、ははは、と笑った。

「とにかく、そろそろ撮影に行こう。せっかく早く来てもらったんだから。光がいいうちにできるだけまわらないと」

「そうでした」

大輔さんが父にカメラを返す。父はカメラを再び首からさげた。

「ここに来てから、先日いただいた撮影場所のルートを再確認してたんですが、まずは根津神社方面ということでしたね」

「そうそう。じゃあ、行こうか」

父が歩き出し、わたしたちもあとを追った。

父と歩きながら、大輔さんは自分が東京に来たのは大学のときで、坂が意外と多いことに気づき、そこから坂に興味を持つようになったと話している。

「でも、卒業したあとは仕事も忙しくてなかなか都内をめぐるような時間が取れなくて。このあたりも、この前あずきブックスに来たときがはじめてだったんです。夕やけだんだんの写真を撮って、すごくいいなあ、と思って」

「そうか、あずきブックスやうちのあたりは寺が多いけど、こっち側は東大もあるし、ちょっと雰囲気がちがうかもしれないなあ」

ふたりがそんな話をしているうちに、根津神社に到着。その前に走っているのがS坂である。

大きなS字のカーブを描く坂で、S坂のほかにもいくつか名前がある。根津神社の旧称である根津権現《ごんげん》の表門の前の坂であることから、権現坂。明治時代にあたらしく作られた坂なので、新坂とも呼ばれる。

S坂は森鷗外の小説「青年」の一節からついた名前だ。この小説の冒頭に、S坂が登場する。作品内では権現坂と呼ばれているが、主人公の純一《じゅんいち》が「地図では知れないが、割合に幅の広いこの坂はSの字をぞんざいに書いたように屈曲して附いている」と表現する。

のちに「青年」を読んだ旧制第一高等学校の学生たちが権現坂をS坂と呼んだことから、S坂という愛称が定着したのだそうだ。

父は今回めぐる坂について、むかし自分が撮った写真をスキャンして、あらかじめ大輔さんに送っていた。それと同じ場所、同じ角度で写真を撮る計画で、大輔さんに撮影場所を伝えている。

同一の角度からの写真を撮り終えると、大輔さんも父も思い思いに撮影をはじめた。S字を描いているのが特徴なので、それを写真にうまくおさめたいようだが、一箇所から全体を見渡せるわけではないので、苦労しているみたいだ。

父がむかし言っていた「坂をかっこよく撮るのはけっこうむずかしい」という言葉を思い出し、こういうことか、と思った。

それから、根津神社の裏にある根津裏門坂を撮影。根津神社にはつつじ苑があったり、乙女稲荷《おとめいなり》に向かっていく千本鳥居があったり、見どころもたくさんあるのだが、坂とも撮影とも関係ないからか、ひとまわりしただけでさっと出た。

坂好きの考えることはよくわからない。しかし、ほかにもまわるところがたくさんあるから仕方がないのかもしれない。S坂の撮影にもずいぶん時間がかかっていた。わたしたちがスマホで撮るなら一瞬なのに、写真好きの撮影とはああいうものなのか。

そういえば、夕やけだんだんを撮影したときの父はあんなもんじゃなかったな。なにしろ理想の夕焼けが出るまで何日もただそれだけのために夕やけだんだんに通いつめたわけだから。

凝り性？　完璧主義？　会社勤めのふつうの人だと思っていたけれど、ほんとうはちょっと変わった人なのかもしれない、と思った。

いくつかまわりの坂を撮影したあと、お化け階段から異人坂へ向かった。

お化け階段という名前は、のぼりとくだりで段数がちがうというところからついたものだが、途中で折れ曲がって見通しが悪く、むかしは薄暗く不気味な雰囲気だったことも関係しているんじゃないか、と父は言っていた。

いまは改修されてあかるくなり、不気味さはない。ただ、段数の不思議はいまも変わらない。子どものころ父と散歩していたとき、のぼりは四十段なのにくだりは三十九段なんだと聞いて、いっしょに試した。するとたしかにのぼりは四十段、くだりは三十九段で段数がちがうのだ。

わたしが首をひねっているのを父はにやにや笑って見ていた。何度かひとりでのぼったりくだったりするうちに、違いが生じるのは、実はいちばん下の一段が低いため、のぼるときは一段と数えるけれど、くだりでは数えないからだと気づいた。最初にのぼったときに父ははじめの段を「一」と数えた。それですっかりだまされてしまったのだ。子どもだったとはいえ、十段くらいの階段ならすぐに気づいたのだろうが、四十段もあるうえ、途中で折れ曲がっている。それでのぼったりくだったりするうちにいちばん下の段がどうだったか忘れてしまうのだ。

大輔さんにも同じ話をしてみたが、さすがに大人なので、最初は不思議がったものの、二度目で仕掛けに気づいてしまい、父は少し残念がっていた。

お化け階段の撮影は、S坂よりさらに時間がかかった。そういえば、小さいころに散歩に行くときも父はこんな感じだった。散歩のときはいつもカメラを持っていて、あちらこちらで止まってはいろいろなものを撮っていた。

あのころは土日になると父に連れられて近所をめぐった。母は仕事に出ていて、兄は友だちと遊びにいっていたのだと思う。わたしを退屈させないためもあったんだろうが、父自身、散歩と撮影を楽しんでいたのだろう。

ぼんやりそんなことを思い出すうちに出勤時間が近づいてきた。異人坂の方に行くふたりと別れ、わたしは勤務先のあずきブックスに向かった。

十一時少し前にあずきブックスに到着。泰子さんに大輔さんと父の撮影の様子を話すと、楽しそうだねえ、と笑っていた。

「そういえば、十月のフェアではきりん座のトークイベントもあるんだよね」

泰子さんに言われ、うなずいた。

泰子さんも以前から文芸マーケットに興味を持っていて、前回の文芸マーケットが終わったあと、あずきブックスでも七月に関連フェアを開催した。文芸マーケットに出店したサークルの雑誌のなかで、泰子さんが注目したものを取りあげ、カフェ側にある月替わりのおすすめ本の棚にならべて販売するというものだ。

あずきブックスはいわゆるブックカフェだが、もともとは「明林堂《めいりんどう》」という町の書店だった。だから書店部分は町の書店らしい品ぞろえで、販売している本は書店で会計を済ませてからでないとカフェに持ちこめない。

しかし、カフェでお茶を飲みながらゆっくり本を選びたいというお客さまもいるだろうという考えで、カフェにもおすすめ本の棚を作っている。そこにならんでいるのは実は泰子さんの私物で、店内の貸出専用。ここで見て購入する人もいるので、書店にもおすすめ本を集めた棚を作り、すぐにわかるようにしている。

泰子さんのアイディアで、前回の文芸マーケット開催後、そのおすすめ本の棚で文芸マーケット関係の同人誌フェアをおこなった。フェアが好評で売れゆきもよかったことから、年二回の文芸マーケットの前と後、合計年に四回の同人誌フェアを開催することになったのだ。

次の開催は十月で、すでに準備がはじまっている。大輔さんが所属するきりん座も、前回に引き続き十月のフェアに参加することが決まっていた。

さらにきりん座のメンバーから、フェアの期間中にカフェでトークイベントをおこないたいという話が来ていた。あずきブックスも宣伝告知に協力はするが、基本的には場所を貸すだけ。あくまでも主催はきりん座だ。きりん座の代表である茜《あかね》さんと何度か打ち合わせして、イベントの企画の方も少しずつ進んでいる。

きりん座の創設メンバーの茜さん、翼《つばさ》さん、一宏《かずひろ》さん、久輝《ひさてる》さんは短歌を作っている人たちだ。その四人が集まって連句をはじめ、そこに大輔さんが加わってきりん座が発足した。その後新メンバーも加わって、現在のメンバーは八人。

大輔さんを含め、あとから加わった四人は俳句や短歌にあまり馴染《なじ》みがないようだが、創設メンバーの四人はいまも短歌を続けている。トークイベントは知り合いの歌人をふたり招いて、短歌の話を中心にすることになった。

「ゲストを含め登壇者のプロフィールや写真もそろったみたいで、撮影が終わったあと、その件で城崎さんがこちらに寄ってくれることになってます」

「登壇する人はみんな歌人なの？」

「そうですね、きりん座の創設メンバー四人のほか、お付き合いのある歌人ふたりが登壇することになっています。みんな二十代から三十代前半みたいです」

「若いね。それもいいことだ」

泰子さんはうれしそうに笑った。

大輔さんと父があずきブックスにやってきたのは三時過ぎだった。撮影は無事終わったようで、大輔さんも父も満足げな表情だ。父の写真は現像してみないとわからないが、大輔さんの方は納得のいく写真が撮れたみたいだ。

大輔さんからきりん座のイベントの企画書を受け取り、内容を確認したあとわたしも休憩を取り、父といっしょに大輔さんの雑誌に関する相談をした。

父はフィルムカメラ関連の解説・用語集のほか、フィルムカメラの思い出について書き、古い写真を載せる。大輔さんは同じ場所の現在の写真とともに、周辺の写真を載せ、坂と人の暮らしについての文章を書くと決まった。

わたしは当日の撮影ルートを記したイラストマップと、父が書くフィルムカメラやモノクロ写真の説明文につける小カットを頼まれた。全体に写真が多くなるからここはイラストにした方がバランスが良いという考えらしい。機械を描くのははじめてなのでできるかどうかわからないが、やってみると答えた。

4

ひとつばたごの連句会の日が近づいてきた。九月のお菓子は、祖母の定番だと「うさぎや」の「どらやき」なのだが、今回は餡子《あんこ》が苦手な小説家の柚子《ゆず》さんが参加するため、別のものに変えることにした。蒼子《そうこ》さんたちと相談した結果、鈴代《すずよ》さんおすすめの中目黒《なかめぐろ》の「みやび庵《あん》」というお店の「わらび餅」に決まった。

蒼子さんもわたしも知らなかったが、鈴代さんは何度か食べたことがあるそうで、信じられないほどやわらかくて絶品なのだと言う。日持ちは二日。でも絶対に当日食べた方がおいしいと言う。

場所が少しわかりにくいし、いつも一葉さんにまかせているのは申し訳ないから、と言って、今回は鈴代さんが当日の午前中にお店に寄って、買ってきてくれることになっていた。

今回の会場は都営浅草線西馬込《にしまごめ》駅の近くにあるライフコミュニティ西馬込。早めに昼食をとって家を出て、根津駅から地下鉄を乗り継いで西馬込駅に向かった。

会場には早めに着いたが、航人《こうじん》さんや桂子《けいこ》さん、蒼子さん、柚子さんはもう到着していて、机をならべたりしている。わたしも陽一《よういち》さんや蛍さんと給湯室に行き、お茶の準備をはじめた。萌《もえぎ》さんもやってきて、お茶の道具をいっしょに運ぶ。

今日の参加者は、航人さん、桂子さん、蒼子さん、悟《さとる》さん、鈴代さん、陽一さん、萌さん、蛍さん、そして柚子さん。直也《なおや》さんは仕事の都合でお休みだった。お茶の準備が終わったところでわらび餅を持った鈴代さんもやってきた。

「ではそろそろはじめましょうか。皆さん、発句《ほっく》をお願いします。九月ですから、秋の句ですね。まだ暑くて、秋らしさはあまりないんですが」

航人さんがそう言って笑った。連句では最初の句を発句と言い、挨拶《あいさつ》の句として、その季節の句を詠《よ》む。俳句らしい格調高い句が良いとされている。

「ほんとですよね。小学校でもまだ水泳の授業があるんですよ」

萌さんが言った。

「え、二学期なのに？」

鈴代さんが目を丸くした。

「はい。むしろ七月は熱中症アラートが出て水泳ができないんですよ。それで、夏休みが明けてからしばらく水泳の授業があって」

「暑すぎてプールにはいれないってことですか」

陽一さんが訊く。

「そうなんですよ。むかしは七月の前半はまだ梅雨で気温も水温もあがらなかったですよね。プールって言われても寒かった記憶があるんですけど」

萌さんが答える。

「そうそう、寒くて寒くて、唇が紫になっちゃったりして……」

鈴代さんが笑った。

「プールの前後のシャワーが冷たくて、地獄シャワーって言われてましたね」

柚子さんも笑う。

「それ、僕たちも言ってました」

陽一さんの言葉に鈴代さんも萌さんもうなずいた。言われてみれば、わたしが小学生のころもその呼び名があったような気がする。

「暦《こよみ》の上では八月上旬の立秋《りっしゅう》から秋でしょう？　いまは初秋《しょしゅう》は終わって、もう仲《ちゅう》秋《しゅう》。仲秋がこの暑さじゃ、暦の方を変えたくなりますね」

悟さんが言った。

「季語も、いまは三ヶ月ごとに季節が区切られてますけど、その区切り自体を変えなきゃならないときが来るのかもしれませんねえ」

航人さんが困ったように笑う。

「とにかくいまはなんとか秋らしさを探していくしかないんじゃない？」

桂子さんも笑いながらそう言って、短冊《たんざく》を手に取った。細く切った白い紙で、それぞれがそこに句を書いて、「捌《さば》き」に出す。捌きとは、その場にふさわしい句を選ぶ人のことだ。連句のきまりを熟知している捌きがその作品の方向を決めていくことになる。

ひとつばたごの例会ではたいてい航人さんが捌きをつとめるが、桂子さん、蒼子さん、直也さん、悟さんは捌きもできるし、一月に開かれた連句の大会では、萌さんも捌きをつとめた。

「あと、秋だから月も早めに出さないといけないんですよね」

萌さんが訊く。

「そうですね、発句から月でもかまいません」

航人さんがうなずく。

ひとつばたごで巻くのはたいてい「歌仙《かせん》」と呼ばれる三十六句連なる形式だ。最初の六句を「表六句《おもてろっく》」といい、それから「裏《うら》」が十二句、「名残《なごり》の表」が十二句、「名残の裏」が六句と四つのパートにわかれている。

連句のなかでとくに重要視されるのが「月」と「花」。月と花には「定座《じょうざ》」と言われる場所があり、月は表、裏、名残の表、花は裏と名残の裏に定座がある。

そして、単に月といえば秋、花といえば春と決まっていて、別の季節の月を詠むときはその季節の月をあらわす言葉を使わなければならない。

秋という季節には月が重要で、月の句のない秋はあり得ないとされている。だから秋の句が続くときはそのうちに必ずひとつ月の句を入れる。春と秋は三句から五句、夏と冬は一句から三句続ける決まりで、今回は秋からはじまるので、最初の方に月を入れなければならない。五句続けても良いとされているが、遅くなるのは避け、三句目までに月を入れることが多い。

でも、発句は挨拶句。ここに来るまでや、ここに来て見たこと、感じたことを詠むといいとされている。昼間だから月の句はあまり思い浮かばない。歳時記《さいじき》をめくってみたりしたが、ぴんと来る言葉もない。暑すぎるからかもしれない。

なにも書けずにいるうちに、蛍さん、桂子さん、柚子さんが短冊を出すのが見えた。ベテランで俳人の桂子さんはともかく、蛍さんも柚子さんも早い、と驚いた。

柚子さんが連句をはじめたのはわたしよりあと。やっぱり職業作家だから言葉を扱うのには慣れているんだろうか、連句のルールの呑みこみも早い。蛍さんはまだ大学生だが、連句の席では先輩だ。

「三つともおもしろいですねえ」

短冊を見た航人さんが微笑《ほほえ》む。

満月に詩とはなにかと問うてをり
曼珠沙華《まんじゅしゃげ》ぬっと出てただ咲くばかり
遠くから遠くまで行く秋の雲

航人さんの前を見ると、そう書かれた短冊がならんでいる。

「満月の句は、述懐《じゅっかい》、つまり心のうちを語るものですね。表ではふつう述懐を避けるんですが、発句は例外ですからね。曼珠沙華も強い語だから、ふつうは表には出さない。でも、発句は例外なので、これもいい」

最初に短冊を出すときは名前を書かない。だからどの句がだれのものかはわからないが、満月の句は最近詩を書きはじめた蛍さんなんだろうな、と思った。

蛍さんは以前は小説に挑戦していたけれど、いまは連句で知り合った優《ゆう》さんという詩人に誘われて詩を書きはじめたみたいだ。小説より書きやすい、向いているのかも、とは言っていたが、ときどき詩というのがなんなのかわからなくなる、と言っていた気がする。

「曼珠沙華は土から茎がにゅっと出て、花だけ咲くんですよね。そこに凄みがある。雲の句も、秋らしさが出ていていいですね。ほかの人はどうでしょう？　いま書いている方はいらっしゃいますか」

航人さんが見まわすが、みんな首を横に振っている。

「皆さん、季節がうまくつかめない感じですか」

航人さんが笑いながら言った。

「じゃあ、ここから決めましょうか。迷いますねえ。でもここは曼珠沙華にしようと思います。強い言葉だからちょっと挑戦になるけど、ときにはこういうのもいい。こちらはどなたですか？」

航人さんが訊くと、桂子さんが手をあげた。

「今日、ここに来るときにお寺の近くで見たのよ。いつもはこの時期に一面に咲いてたんだけど、今年はまだ満開じゃなかったわねえ」

桂子さんが言った。

「彼岸花っていうくらいですからね。彼岸のころに咲くものなんでしょうが、暑いからちょっと遅れてるんでしょうかね」

悟さんが言った。

発句の次は「脇《わき》」である。むかしは発句が客の句、脇はそれを受け、客を迎える主人が付けるとされていた。連句では句と句のあいだに適度な距離感があることが良しとされるが、発句と脇は二句でひとつの世界を作ることが求められるため、発句と近い句が好まれる。

脇は体言止《たいげんど》め。つまり、名詞で終わる決まりがある。体言止めにすることで、脇でいったん切れる。そして、「第三《だいさん》」と呼ばれる次の句からまたあらたな世界がはじまる。それが理想的な形と言われている。

今回は鈴代さんの「鎌を交互にあげる蟷螂《かまきり》」が付いた。曼珠沙華のそばに鎌を振りあげる蟷螂がいる。その風景も自然だし、一本にひとつの花を咲かせる曼珠沙華とひとりで生きる蟷螂の姿がよく合っているとも感じた。

「次は第三ですね。でも、まだ月が出てない。次こそは月の句にしないと」

航人さんが笑った。みんなが短冊を手に取る。発句と脇が出たことで少し発想しやすくなった気がして、わたしもペンを握った。

やっぱり、わたしにとって連句はこうやって前の句に付けるところがおもしろいんだな、と思う。発句のように一句で立つ句を作るのはまだまだむずかしい。

曼珠沙華の句も蟷螂の句も人が出てこない。連句ではこういう句を「場《ば》」の句と呼ぶ。人が出てくる句は、自分のことを詠んだ「自《じ》」、他人を詠んだ「他《た》」、自分と他人両方がいる「自他半《じたはん》」の三種類がある。

そして、連句では前の前の句を「打越《うちこし》」と呼び、自・他・自他半・場が打越と重ならないようにするというのが鉄則なのだ。

句の雰囲気が打越と似る、というのは、前の場所に戻ることを意味する。常に変化することを旨とする連句では、前に戻ることを嫌う。はじめたころは意味がよくわからなかったが、だんだん慣れてきた。

発句が場の句なので、次は人がいる句。自でも他でも自他半でもいい。第三には「て止《ど》め」というルールもあり、「〜して」など、次に続く調子で終えなければならない。発句と脇は近い方がいいが、脇と第三はできるだけ離れていた方がいいとも言われている。

人が出てくる句……。て止め……。発句・脇と離れる……。そして、月……。

さらに、表六句はお行儀よく、派手な内容、おもしろい内容は避ける決まりがあり、恋も宗教も死も病気も御法度《ごはっと》だ。連句にはこういうややこしいルールがあってむずかしくもあるが、そこがゲームみたいで楽しいのだ。

いろいろ考えているうちに、ほかの人の短冊が続々と出はじめる。みんなも最初は季節感で戸惑っていたのが、解放されたのかもしれない。

「いい句がたくさん出ました」

航人さんの声がした。

「とくにこのあたりがいいですね。『自転車で大きな月を追いかけて』『月の夜に十年日記したためて』。どちらも発句・脇の世界から大きく転じています。自転車の句は曼珠沙華と蟷螂という小さな世界と違って、大きな風景や動きが見えるところがいいですね。十年日記は人間の生活の匂いがするところがいい」

どちらも素敵な句で、それ以上のものは思いつきそうにない。ここはあきらめて、次の四句目《よんくめ》をがんばろうと思った。

「ここは動きのある自転車の句にしましょう。こちらはどなたですか？」

「はい、僕です」

陽一さんが手をあげる。蒼子さんがホワイトボードに句を書き出す。

外はまだ夏のような気温だが、こうしてならんだ句を見ると秋の気配が感じられた。秋が三句続いたので、秋をもう一句続けても、秋を離れて「雑《ぞう》」、つまり季節のない句にしても良い、と航人さんが言う。

少し考えて短冊に「鞄のなかのスマホ震える」という句を書いたが、出す前に、この句には鞄とスマホしか出てこない、持っている人について書かれていないから、これだと場の句になってしまう、と気づいて引っ込めた。

ここは蒼子さんの「道行く人のハミングを聞く」という雑の句が付き、次の五句目は柚子さんの「むささびの親子が住むという樹洞《じゅどう》」が付いた。むささびが夏の季語である。

柚子さんはこの夏、休暇で軽井沢に行ったそうで、そこでむささびウォッチングという体験をしたのだそうだ。日が暮れてから滑空《かっくう》するむささびを見るツアーだ。

「むささび？　ほんとに見られたんですか？」

鈴代さんが訊く。

「見られたんですよー。実は広大な敷地のなかのいくつかの木に巣箱が設置されていて、なかにカメラが付いてるんです。それで、どの巣箱にむささびがはいっているかがわかる。その巣箱を見にいくんです」

「なるほど。でも、むささびがいたとしても、いつ出てくるかはわからないんじゃないですか」

萌さんが訊いた。

「それが、むささびが巣箱から出てくる時間は、日没からだいたい三十分後くらいと決まっているみたいなんです。待ってたらほんとに出てきて、木のてっぺんまでのぼってから、となりの木にすーっと」

柚子さんが手を広げてむささびの真似をする。

「へええ、すごい。それは見てみたいですね」

「ちょっとうらやましいなあ」

萌さんと鈴代さんが感嘆する。

「ほんとに、軽井沢っていうのはいいところですよね。わたしはよく相続関係の仕事をするんですが、むかしからお金持ちっていうのはみんなたいてい軽井沢に別荘を持ってるんですよ。だいたい雲場池《くもばいけ》の近くで、信じられないほど敷地が広くて、これが家なのってくらいの立派な別荘で」

悟さんがふふっと笑う。

悟さんの本業は弁護士らしい。弁護士なのに短歌も作っている。そして猫を多頭飼いしたり、庭の畑でスイカを作ったり、少し不思議な人だった。悟さんはなにか思いついたようにペンを持って短冊に句を書きつけ、航人さんの前に出した。

「ああ、おもしろいですね。じゃあ、こちらに」

航人さんがそう言って蒼子さんに短冊を渡した。蒼子さんもくすくす笑いながらホワイトボードに句を書いた。

曼珠沙華ぬっと出てただ咲くばかり　桂子
　鎌を交互にあげる蟷螂　鈴代
自転車で大きな月を追いかけて　陽一
　道行く人のハミングを聞く　蒼子
むささびの親子が住むという樹洞　柚子
　数千坪の苔《こけ》の絨毯《じゅうたん》　悟

5

裏にはいって、鈴代さんが買ってきたわらび餅が出た。鈴代さんが、すごくやわらかいんですよ、と言っていたが、たしかに信じられないほどやわらかい。

「うわあ、ぷるっぷるですね〜」

ひと口食べた萌さんが声をあげる。

「究極のやわらかさですね」

「きなこがまた絶妙で……。いくつでも食べられそうです」

「これは危険なお菓子ですね」

陽一さん、悟さん、柚子さんが口々に言い、それぞれ黙々とわらび餅を食べた。

しばらく雑談が続いたあと、ひとつばたごで作る雑誌の話題が出た。少し前に雑誌を作って文芸マーケットで販売するという案が出て、実現に向かって話が進んでいた。

「以前もお話ししたと思うんですが、これまでの作品を載せるのが第一ですが、連句は一般の人に馴染みがないので、やはり作品だけでなく解説のようなものがあった方がいいんじゃないかと思うんですよ」

陽一さんが言った。

「解説は航人さんが書くしかないわよねぇ」

桂子さんがふぉふぉふぉっと笑う。

「もちろん、航人さんが書いてくだされば、内容的にまちがいはないと思うんですが。ただ、それだと一般の読者からはむずかしそうと思われてしまうんじゃないかと思って」

陽一さんが答える。

「なんとなくわかります。専門家が書いたしっかりしたものを読みたい人もいるけど、それはある程度そのジャンルに興味を持っている人で、初心者にとってはハードルが高い。もっと裾野を広げたいってことですよね」

柚子さんが言った。

「そうなんです。とくに文芸マーケットみたいな場所で売るからには、親しみやすさみたいなものがあった方がいいと思うんですよね」

「『連句とはなにか』ということより『自分と近い人が連句というものを楽しんでいるらしい』みたいなことの方が関心を引きやすいってことですか」

萌さんが言う。

「そうですね、そういうことかもしれないです。やっぱり、文芸マーケットに来てる人は、単に読むだけじゃなくて、自分も創作している人が多いと思いますから。自分にもできそう、楽しそう、って思われることって大事だと思うんですよ」

「そしたら、エッセイみたいなものを載せるのはどうですか?」

陽一さんがうなずく。

柚子さんが言った。

「エッセイ?」

鈴代さんが訊く。

「わたしも知人に頼まれて、今度文マに出す雑誌にエッセイを書くんですが、いま文マではエッセイがかなり売れてるみたいですよ。たとえば、一巻《いっかん》ごとの専門的な解説は航人さんにまかせるとして、それ以外に、自分がなぜ連句をはじめたのか、とか、連句のどこが楽しいのか、とか、メンバーの目線で書くんです」

「いいですね。それなら読者も身近なものとして受け取ってくれそうです」

陽一さんがうなずいた。

「これから継続して出していくなら、各号にひとりずつ交代で書いていくくらいでいいんじゃないかと思いますが」

「そういうことなら若い人の方がいいわよねぇ」

桂子さんがそう言ってふぉふぉふぉっと笑う。

「年齢はともかく、桂子さんは俳人ですからね。玄人《くろうと》じゃないですか。わたしも一応歌人なので、短歌方面にはアピールできるかもしれませんけど、読者の親しみやすさで考えるなら、俳句にも短歌にも関係のない人の方がいいんじゃないですか」

悟さんが笑いながら言った。

「そうですね。あと、直也さんやわたしだと、硬い文章になってしまいそうな気がします」

蒼子さんが言った。蒼子さんは専門書の校閲の仕事をしていて、直也さんはカルチャーセンターで働いている。どちらも文学関係の専門知識が豊富で、連句にもくわしい。

「たしかに、読者目線を考えると、ＳＮＳ連句からはいった鈴代さん、萌さん、僕あたりが適任なのかもしれませんが……」

陽一さんが鈴代さん、萌さんの方を見た。

「え、わたしたちのだれかってことですか？」

萌さんがぎょっとしたような顔になった。

「うーん、エッセイなんて書いたことがないし、書けるかなあ？」

鈴代さんが首をかしげる。

「大丈夫ですよ、一葉さんの『きりん座』のエッセイもはじめてだったんですよね？　あれもすごくよかったですし」

　柚子さんに言われ、ちょっと恥ずかしくなった。

「そしたら、わたし、書きたいです」

　そのとき、蛍さんが手をあげた。

「雑誌ができるのは来年の五月ってことですよね。そのころにはわたし、大学を卒業して社会人になっていて……。正直、社会人になってからどのくらい連句の活動に時間を取れるかわからないんです。だから、いまを逃すと当分書けなくなってしまう気がして……」

「たしかにそうよね、最初のうちは仕事を覚えるだけでたいへんだと思うし」

　蒼子さんがうなずく。

　そういえば、蛍さんは優さんの詩の雑誌にも作品を出すと言っていた。卒論があって、詩の創作もあって、これから就職。いまも忙しそうだけれど、仕事をはじめたら大学生のときより創作のための時間を作るのがさらにむずかしくなるだろう。

　エッセイを書くならいまのうち、というのもわかる気がした。

「それに、連句をはじめたのが大学生のときですから、大学生のあいだに自分が連句から学んだことをまとめておきたい気もするんです」

　蛍さんは真剣な表情だった。

「いいんじゃなぁい？　蛍さんみたいな大学生も参加してるとなれば、若い人も興味を持ってくれるかもしれないし」

桂子さんが微笑む。

「僕もいいと思いますよ。なにより、蛍さんには『いま書いておきたい』という気持ちがある。ものを書くには、それがいちばん大事ですから」

航人さんが言った。

「やっぱり書きたい気持ちがこもった文章は、人の心を惹《ひ》きつけますから」

柚子さんもにっこり微笑んだ。

「じゃあ、第一回のエッセイは蛍さんにお願いしましょうか。卒業と就職を控えてお忙しいと思いますが、よろしくお願いします」

陽一さんが言うと、蛍さんはがんばります、と緊張した面持ちで答えた。

わたしが自分と連句について書くとしたら、やっぱり祖母の話からだろうか。亡くなったわたしの祖母は、ひとつばたごに通って連句を巻いていた。わたしが連句に通うようになったのも、祖母が遺していたメモがきっかけだった。

連句を巻くたびに、祖母のことを思い出す。祖母がなにを見て、なにを考えて生きていたのか。それを考えることで、自分の生きる道もたしかめている気がする。

ひと月に一度連句を巻いて、そのときどきの自分の想いを確かめる。自分の句に思いがけない句が付いて、なにかに気づくこともある。連句はずっとわたしの人生に寄り添っている。だからここに通い続けている。

ほかの人たちはどうなんだろう？　どんな想いで連句を続けているんだろう。連句を巻くだけでも楽しいし、やりとりのなかでその人の人生がちらっと見える瞬間もある。でも文章になればその人のことがもっとわかるかもしれない。

雑誌を作るのは見知らぬ読者のためだけじゃない。わたしたち自身のためでもある。きっと「きりん座」も大輔さんの雑誌もそうなんだ。そう考えると、これからの雑誌作りがますます楽しみになった。

「じゃあそろそろ連句に戻りましょうか。まだ裏がはじまったばかりで、先は長いですから」

航人さんが笑う。みんなあわてて短冊を手に取り、ペンを握った。

特別な人

1

「一葉、時間があるとき、わたしの書いた原稿をちょっと見てもらえないか」

九月の終わりに近づいたある日、夕食のあとに父がそう言った。

「原稿？　もう書けたの？」

原稿というのは、大輔さんの雑誌のためのエッセイだろう。まだ大輔さんが決めた締め切りまで一週間以上ある。フィルムカメラ関係の説明文の方は撮影後すぐに書いたらしく、すでに先週末に渡されている。

「いや、仕事ではよく文章を書いているが、こういうエッセイみたいなものを書くのははじめてだし、勘どころがよくわからなくてな」

父の言葉に、そういえばわたしも「きりん座」の雑誌用にエッセイを頼まれたときは苦労したっけ、と思い出した。随筆やエッセイを読んだことはあるが、自分で書くとなると、なにをどう書けばいいのかさっぱり見当がつかなかった。

「いいけど、参考になるようなことを言えるかな」

「一葉はこの前の『夕やけだんだん』のエッセイだって、すらすら書けてたじゃないか。母さんも褒めてたし。文学部出身で、書店勤めだし、文芸っぽい文章にも慣れてるんだろうけど」

「別にすらすら書けたわけじゃないよ。あれでもけっこう苦労したんだよ。たしかに本はよく読んでるけど、それとこれとは話が別で……。小説読んでる人がみんな小説書けるわけじゃないでしょ？」

「そりゃそうだけど、わたしよりは慣れてるだろう？　文芸書なんて、学生のころは少し読んだけど、働きはじめてからはほとんど読んでないんだよ。読むものといえば専門書かビジネス書の類《たぐい》だけ。資料は山のように読むけどね。時間もないし、集中して読むのがむずかしくて」

たしかに小説を読むためには没入することが大切で、没入するためには脳の空き容量がたくさん必要になる。単に文字を目で追って意味をつかむだけじゃなくて、その世界を味わったり、登場人物に感情移入したり、自分のなかに世界をもうひとつ抱え込んでいるみたいな状態になる。

子どものころは、ほかのすべてのことを忘れて本に夢中になった。いまだって、休みの日とか、たっぷり時間がある日はその世界に没入できる。だが、日常の細切《こまぎ》れの時間だとなかなか集中できない。

大人になって仕事をするようになると、現実で責任を持って考えなければならないことが増えて、常に頭から離れなくなる。

父の勤め先は大手のゼネコンである。大規模商業施設の開発にかかわる仕事が多く、地方出張にもよく行く。立場上、プロジェクト全体を把握しなければならないようだから、かなり頭を使うだろう。本の世界に行く余裕があるとは思えない。

「でも、見てほしいってことは、書けた、ってこと？」

「まあ、なんとか。何度も書き直したんだが、ちゃんとエッセイというものになってるのかわからない。仕事の癖で、文章が硬いかもしれないし。登場する人物も多くて、ややこしい内容になってしまった」

父がうーん、とうなった。

この前渡されたフィルムカメラに関する解説文は純粋に技術の説明だけだった。自分の体験談やコツみたいな話ははいっていない。解説文だからあたりまえなのだが、心情を表現した部分もない。

しかし、技術的な話が多いわりにはわかりやすく、読みやすかった。専門用語はあまり使わず、なにも知らない人でも理解できるよう、嚙み砕いた表現になっている。リズムも良い。読みやすいのはそのせいなんだろう。

父は仕事柄人前で話すことも多いから、さまざまな立場の人にわかりやすく伝えることには長《た》けているのかもしれない。

それにしても、父の気持ちが書かれた文章を読むのなんてはじめてかもしれない。いったいどんな文章を書くのか。父が日ごろ考えていることがわかるかもしれない、と思うと、ちょっとどきどきである。

「とりあえず読んでみるよ。あとでメールで送ってくれる？」

「おかしいところがあったらびしびし言ってくれよ。母さんにも見てもらうことにしたんだ。変な文章を載せるのは恥ずかしいからな」

父は笑った。


お風呂から出てスマホを見ると、父からのメールが届いていた。父は先にお風呂にはいって、もう眠ってしまったみたいだ。どんな文章なのか気になって、さっそくファイルを開いた。

タイトルは「光を追いかけていた日々のこと」。なんとなく良さげな響きだ。学生時代、写真部だったころの思い出が書かれているんだろう。

大学生といえば、いまのわたしよりずっと年下だ。母と出会うより前のことではないか。そう気づくとぶるっとした。

ここに自分が知らない若いころの父がいる。少し緊張しながら読みはじめる。エッセイのようなものを書くのははじめてだと言っていたし、専門的で技術的な話かもしれない、と思っていたが、全然そんなことはなかった。

誘われて写真部の部室に行き、暗室ではじめて現像というものを見たときの驚き。光を当てた印画紙を現像液に浸《つ》け、しばらくすると少しずつ像が浮かびあがってくる。その不思議がみずみずしく描かれている。

写真に関する描写だけでなく、当時の大学の様子もすごく新鮮だった。写真部がはいっているのは木造の古いサークル棟だったらしい。建物はボロボロで、当時は夜間も門が開放されていたから、そこに住み着いている学生もいたようだ。

写真部の部室のなかには、さらに小部屋があり、そこが暗室になっていた。廃材を駆使してむかしの部員が作った手製の小部屋だが、隙間なく暗幕で覆われ、扉と暗幕を閉じれば完全な暗黒の空間になる。人が五人はいればいっぱいになってしまうようなその小部屋で、部員たちは交代で現像をおこなっていた。

みんなから崇《あが》められているヌシのような先輩部員がいて、その人は自宅に暗室を作って、自分の写真は自分の暗室で現像していた。後輩たちにも、本気で写真に取り組むつもりならまずは暗室を作れ、と指導していたらしい。

感化されて自分の部屋の押し入れを暗室に改装した学生もいたようだが、父はそこまではできず、ずっと部室のなかの暗室を使っていた。

ヌシのような先輩のほかにも、写真家になった伝説の先輩の話や、グラビア撮影のバイトに行ってひどい目にあった部員の話などもあり、とにかく登場する人たちのキャラが立っている。

父は自分の平凡さに打ちのめされたりしながらも、写真が好きであきらめきれずに続けていたみたいだ。

そういうこと自体が、なんだかまぶしかった。父にこういう時代があったことも驚きだったし、こういう日々を送っていたからこそ、あの夕やけだんだんの写真があったんだな、とようやくわかった気がした。

最近、娘から夕やけだんだんの写真のことを訊かれて当時のことを話したのだが、実はそのときに言わなかったことがある。

最後の方にそんな文章があってはっとした。言わなかったことってなんだろう？　少し緊張しながら読み進める。

わたしが夕やけだんだんの写真を撮ったのは、写真部への想いに決着をつけたかったからなのだと思う。そのころには家族もいたし、仕事も忙しくなっていた。

だが、どこか写真部時代の想いを引きずっていた。

時折、当時の仲間から、写真家になった伝説の先輩の活躍が伝わってくる。大きな賞を取ったとか、個展が行われるとか。個展があればひとりでひっそりと出かけた。会場で本人の姿を目にすることもあったが、話しかけずに帰った。

在学中も先輩はいつもカメラをかたわらに置き、写真のことばかり考えていた。わたしたちはみな彼に憧れていた。途中で消息不明になり、どうしたのだろうと思っていたが、数年後賞を取って写真家としてデビューした。

消息不明になっていた期間は、海外を放浪していたのだとあとで知った。写真部時代の見果てぬ世界への憧れは、写真だけでなく先輩という人間と出会ったことから生まれたものだったのだ。わたしはいつまでもその余韻に浸り、休日になるとカメラを持って近所を歩きまわった。

いまの仕事にも家族にも誇りを感じていた。先輩のような力が自分にはないのは知っていたが、身の回りの小さなもののなかにも、強さやうつくしさがある、そのことを自分なりに表現し続けたいと思っていた。

だから、夕やけだんだんの写真を撮った。地元の小さなコンクールだったが、あのときは必死だった。何日も夕やけだんだんに通った。そして、入選した。いまさら、という気持ちもあってほかの部員には知らせなかったが。

それでも、なにか決着がついたような気がして、以来写真を撮らなくなった。中途半端に続けるのは良くないという想いがあったのかもしれない。

その後も先輩の仕事だけは追いかけていたが、次第に名前を聞かなくなった。写真家としての活動をやめてしまったのかと思っていたが、数年後、突然先輩の訃報《ふほう》が届いた。海外で大きな事故に巻き込まれて亡くなったのだ。

葬儀は近親者だけで行われたようで、わたしたちのところには声がかからなかった。それで、当時の写真部員で偲《しの》ぶ会を開き、みんなと久しぶりに顔を合わせた。写真を続けている者もいたがせいぜい趣味で、写真を仕事にしている者はひとりもいなかった。

みんなで当時のことを語り合い、先輩の死を悼《いた》んだ。みんな、あのころのあざやかな記憶を忘れられずにいた。でもそれは過去のことで、いまは別に大切なものがある。あの日に帰ることはできない。

先輩の死は、わたしたちみんなの青春の終わりだった。なにもかも、いつか必ず終わる。きっとみんな似たようなことを感じたのだと思う。

先輩のことは家族にも話さなかった。そして、これからも話すつもりはなかった。だが今回、こうして文章を書く機会を与えられ、なぜか書き残しておきたい気持ちになった。

この雑誌に古い写真を貸すという名目で、かつて撮影した場所をめぐり歩いた。久しぶりにむかしのカメラを持ち、モノクロフィルムで撮影した。暗室がないから現像は業者に出した。できあがった写真は相変わらずヘタクソだったけれど、その白黒の像を見たとき、涙が出そうになった。現像液のなかに揺れながら浮かんでくる白黒の像が頭によみがえった。なにもかも、ここには変わらずにあるじゃないか、と思った。

そして、ずっと写真から離れていたけれど、仕事を引退したら、もう一度撮ってみてもいいような気がしてきた。先輩のような写真は撮れない。だが、それでいい。いまさら人と競ったり、なにかを目指したりする必要はない。わたしはわたしに撮れる写真を撮ればいい。

そう思える機会が与えられたことに、深く感謝している。

父の文章はそこで終わっていた。

憧れていた先輩の死。そんなことがあったのか、と驚愕した。

大学生までずっと同じ家で暮らしていたのに、なにもわかっていなかったんだな、と思う。この文章を最初に読むことができてよかったと感じた。

返信に気づいた点をいくつかあげ、最後に「とてもよかった、知らないことばかりで驚いたけれど、読めてうれしかった」と書き添えた。
すぐに父から返事が来た。もう寝ていると思っていたが、起きていたのか。
メールには「これで大丈夫か。よかった。ほっとした」と書かれている。

読まれるのは気恥ずかしかったが、感想をもらえてうれしかった。写真をやめたことがずっと心に引っかかっていたんだと思う。だから、いま一葉が仕事をしながら連句を続けていることを、すごくうれしく思っている。

表現するということは、特別なものになるということとはちがう。亡くなったおばあちゃんもいつもそう言っていた。まわりの人といっしょに楽しくできればそれがいちばんだって。いまになって、その意味がわかる。

写真部にいたあの日々が輝いていたのは、先輩がいたことも大きかったけど、ほかの部員がいたからなんだ。いっしょに撮影に行って、現像して、撮れたものについて語り合って。だから楽しかったんだ、って。

一葉にも、いまの仲間を大切にしてほしいと思う。それはきっと、生きていく上でとても大事なことだよ。少しだけ仲間に交ぜてもらってうれしかった。

最後にそう書かれていた。

父は父なりにいろいろ思うところがあったんだ。それがわかって、胸がいっぱいになった。大輔さんに誘ってもらって、ほんとうによかったと思った。

2

父は母からもいくつか指摘をもらって、文章を仕上げたらしい。大輔さんに送ったところ、すごくいいエッセイですね、という返事をもらってほくほくしていた。

わたしが描くイラストについても大輔さんと相談し、詳細を決めた。

まずは当日の撮影ルートを記したイラストマップ。坂以外の目印になる建物などの近くにも吹き出しを作り、ちょっとした解説を入れる。それから、父の作った写真に関する解説と用語集に入れるカット。全体に写真が多い雑誌なので、どちらも手描きのタッチを生かした線画にする。

父のエッセイには父が今回撮った写真が添えられることになった。掲載する写真も決まり、大輔さんは編集作業をはじめた。

「あずきブックス」でも、秋の文芸マーケット前の同人誌フェアがはじまった。参加している各団体がSNSなどで告知してくれたおかげで、同人誌目当てで来店するお客さまも少しずつ増えているようだった。

金曜の夜、きりん座の貸切トークイベントがおこなわれた。

登壇するのはきりん座の創設メンバーの茜さん、翼さん、一宏さん、久輝さんと知り合いの歌人二名。岩田《いわた》昇《のぼる》さんという男性と、冬野《ふゆの》窓《まど》さんという女性だ。

会場準備も受付もすべてきりん座が担当してくれるので、あずきブックスはネットでチケットを発券し、販売用の関連書籍を手配しただけ。

イベントのテーマは「第一歌集を出す」。きりん座の四人はそれぞれ第一歌集を編むことを考えている。それで、すでに第一歌集を出しているふたりに、歌集の出版にまつわるあれこれを訊く、という内容だ。

岩田さんと冬野さんは歌集を出しているが、出版社も出版の経緯もまったくちがう。岩田さんは歌集の出版で定評のある出版社の新人を中心としたレーベルから出し、冬野さんは歌集出版ははじめてという個人出版社から出した。

ふたりともＳＮＳでも作品をさかんに発信していて、どちらの歌集も話題になった。ふたりのファンだけでなく、これから歌集を作りたいという人たちも関心を持ってくれたようで、チケットは発売早々に完売した。

当日は会場準備のためカフェは五時にいったん閉店。きりん座の人たちがやってきて、準備をはじめた。椅子や備品などについては打ち合わせであらかじめ伝えてあったので、滞りなく進んでいるみたいだった。

六時が近づくと、カフェの外に少しずつ列ができはじめた。わたしも六時で書店の仕事を切りあげ、カフェに設置した特設販売ブースに移動した。今日はあずきブックスで用意した本のほかにきりん座や登壇者の持ってきた本の販売もあり、そちらは征斗《まさと》さんというきりん座のメンバーが会計を担当することになっていた。

実は征斗さんとちゃんと話すのははじめてだった。以前きりん座の連句会に行ったときはお休みだったし、文芸マーケットでも顔を合わせなかった。簡単にあいさつして、会計関係のことを打ち合わせする。大学時代の大輔さんの後輩ということで、わたしより年下だが親しみやすい人だった。

受付には大輔さんがはいり、司会は七実《ななみ》さん。もうひとり、こちらもまだ会ったことのない未加里《みかり》さんという若い女性メンバーは都合で来られないらしい。ゲストも七実さんもすでに到着して、バックヤードで打ち合わせしている。

大輔さんや征斗さんとばたばたと準備を整えているうちに六時半になり、開場した。ゆるゆるとお客さまが入場しはじめる。

以前開催した歌人の久子《ひさこ》さんや柚子さんのイベントでは来場者の年代がさまざまだったが、今回は二十代から三十代くらいの人がほとんどだ。ふだんあずきブックスでは見かけないようなタイプの人も多くて緊張したが、何人か知っている人がいて、ちょっとほっとした。

「ひとつばたご」のメンバーで歌人の悟さん。それから蛍さん。蛍さんは詩人の優さんといっしょだった。みんなわたしの方を見て小さくぺこっとおじぎをして、席についた。蛍さんは次の文芸マーケットから優さんの出す詩の同人誌に参加すると言っていたから、その関係なんだろう。

会場はしだいにいっぱいになり、物販コーナーにもお客さんがやってきた。登壇者の本を買えば本人のサインをもらえることになっているため、売れ行きもよい。きりん座のコーナーの本も売れているみたいだった。


七時になり、トークイベントがはじまった。登壇者全員の短歌をはじめたきっかけから、ゲストふたりが歌集を出すまでの経緯。ふたりとも、歌集を出そうと考えた時点から、実際に出版するまでには何段階もあった、と言っていた。

「まず、短歌雑誌が主催する新人賞に応募する場合、新作短歌三十首という規定のところが多いんです。短歌は短い形式だから、実力をはかるには三十首程度のかたまりが必要なんですね。それでまず自分の作品から三十首選ぶわけですけど、これがなかなかなかむずかしいんです」

岩田さんが言った。

「そうですね。わたしもいつも自分の歌の良し悪しを見極められなくて」

茜さんが言った。

「自分がいいと思ったものと他人がいいと思うものがちがうこともありますし、自分らしさをアピールしないといけませんからね。といって、似たようなものばかり選ぶのも良くない。選んだあともそれをどういう順番でならべるかでまた迷う」

岩田さんが答える。

「僕は大学の短歌サークルの出身で、社会人になってからはカルチャーセンターの古川久志《ふるかわひさし》さんの短歌教室に通っていたんです」

「古川さんは岩田さんと同じサークルの先輩なんですよね？」

翼さんが訊く。

「はい。十年以上上なので、大学で同席したことはないんですが、サークルの会合にはときどき顔を出してくれていて、こういう教室をやってるから、って誘ってもらったんです。僕はずっと古川さんを『師匠』って呼んでるんですけど、一度目の応募作について師匠から言われたことがすごく効いていて……」

「それは応募する前に見せたということですか？」

「そうです。いったん自分で三十首選んで、師匠に渡して。数日後に感想を聞くときはもうめちゃめちゃ緊張していて。で、ちょっと渋い顔をされたんですよ。全部似たような感じに見える、って」

「それは……。そう言われるときびしいですね」

「もうどうしたらいいかわからなくなって、それでも締め切りが迫っているから、考えて考えて、いくつか歌を入れ替えたり、順番を組み直したりして、でも、やっぱり落選してしまった。そのときはかなり落ちこみましたけど、落ちた歌は次はもう使えないでしょう？　それであたらしいものを作りはじめたら、前とはちょっとちがう気持ちになれて……」

「なにが起こったんでしょうか」

茜さんが訊いた。

「自分でもよくわからないんです。全部僕が作ったものだから、全部似ているといえば似ているんですよね。でも、なんか距離が取れたっていうのかな。それで、次はあまり考えずにならべて師匠に見せたら、うん、今度のはいいんじゃない、って」

岩田さんが笑った。

「それで、そのまま応募して……。なぜか入選したんです。自分でも不思議で。でも、その三十首のまとまりを作るうちに、歌集を出すんだったらこういう方向かな、というのが見えた瞬間があったんです。実際、賞を取った三十首をひとかたまりとして歌集の冒頭に置きましたし」

「歌集は、一冊のなかでいくつかのかたまりにわけてあることが多いですよね」

一宏さんが言った。

「そうですね。単純に時期で分ける人もいるし、テーマで区切ることもあると思います。一冊分ずっと短歌が続いていると読む方も息が切れちゃいますからね」

「冬野さんはどういった経緯で歌集を出されたんですか」

茜さんが訊いた。

「わたしは新人賞のようなものに応募したことはなくて、歌集を編むときも、三十首よりもっと小さい単位で区切るようにしました。数もまちまちで、七首くらいから十二首くらいまでです。区切りにはイラストを入れたんです。それは出版社の方のアイディアだったんですが」

冬野さんが言った。

「冬野さんの歌集はイラストがはいっているおかげで、すごく軽やかですよね。これまでとはちがうタイプの人も読んでいるっていう印象です」

翼さんが言った。

「SNSで短歌を発表したら、いわゆる短歌を読んでる人じゃなくても共感してくれるっていう実感があったんです。強烈な驚きのある短歌にも憧れるんですけど、自分はそれじゃないな、とも思っていて。読んだ人がうわっと驚いて圧倒される感じじゃなくて、これ、わかる〜ってなる歌が多い感じで。そういうことがはっきりわかったのは、歌集を出したあとだったんですが」

「出してみてわかることは多いですよね。人から感想を言われる機会も増えますし。歌集を出すか出さないか迷っている人も多いと思うんですが、迷っているうちはまだ出す段階じゃないのかもしれません。僕自身がそうでした」

岩田さんが言う。

「どういうところまで行くと出す段階なんでしょう？」

茜さんが訊いた。

「これでいくしかない、出すしかない、みたいな気持ちになったんですよね」

岩田さんが笑った。

「わかります、それ。わたしも、ある意味崖っぷちで、これを世に出さないと死ねない、みたいな。切実だったんです、ほんとに」

冬野さんも笑った。

それから、茜さん、翼さん、一宏さん、久輝さんがそれぞれ自分の作りたい歌集について語った。同じきりん座のメンバーだが、みな個性的で、目指すことは全然ちがう。なかでも久輝さんの言動が目を引いた。

相手に合わせてうなずいたり相槌を打ったりすることが極端に少ないのだ。だが、たまに口を開くと鋭い内容で、聴衆もみなはっとする。そのせいだろうか、本来きりん座の四人はホストのはずなのに、口数が少ない久輝さんもゲストのふたり並みに目立っていた。

登壇者のあいだで意見が割れることもあり、久子さんや柚子さんの聞いている人たちを包みこむようなトークとはちがい、どこかひりひりして緊張感のあるイベントになった。それがまた今日の聴衆に響いたようで、質疑応答も盛りあがった。

3

イベントが終わり、会場を片づけたあと、きりん座のメンバーは二次会の会場に移動した。悟さんは帰ったが、蛍さんと優さんは参加するようで、きりん座の人たちについていった。

わたしは泰子さんとカフェ担当の真紘《まひろ》さんといっしょに店のチェックをしなければならないので、あとから行くことにした。きりん座の販売物の整理のため、大輔さんも会場に残った。

作業を終え、泰子さんたちにあいさつして、大輔さんとわたしも二次会の会場に向かった。

「ああ、終わっちゃいましたねえ」

歩きはじめるなり、大輔さんがそう言って伸びをした。

「イベントってたいへんですよね。準備がいろいろあって」

前に久子さんたちのイベントを企画したときのことを思い出しながら答えた。

「こういうイベントはきりん座にとってもはじめてだったので、勉強になりました。それに、たいへんだけど、やっぱり楽しいですよね。一種のお祭りですから」

大輔さんは晴れ晴れとした顔だ。

「そうですね」

たいへんだけど楽しい、というのはよくわかるような気がした。

「そうだ、一葉さんに渡すものがあったんだ」

大輔さんがリュックに手を入れる。取り出したのは大きめの茶封筒だった。

「今度作る雑誌のレイアウトのプリントアウトがはいってます。データより紙の方が見やすいでしょう？　僕の書いたページもはいってますが、その方が全体の構成がわかると思うので。お父さんにも見てもらってください。写真の配置とかも意見があれば言ってもらえれば……」

「わかりました」

封筒を受け取り、うなずいた。すぐになかを確認したくなったが、夜道なので開けたところでよく見えない。

「家に戻ってから確認しますね」

「気がついたところがあれば、次の週末くらいまでに連絡してください」

「わかりました。父にも伝えます」

「お父さんのエッセイ、素敵でしたね」

大輔さんが言った。

「ありがとうございます。わたしも読んでびっくりしました。父はああいう文章を書くのがはじめてで、本人も書けるか心配してたみたいなんですけど、すごく良かったですよね。身内のわたしが言うのも変ですが」

「大学時代の写真部の描写も生き生きしていて、ちょっとうらやましくなりました。僕たちが大学生だったころは、大学もあそこまで自由じゃなかったですよね」

「そうですね」

笑って答えた。

「亡くなった先輩の話は重くて心にぐさりときましたが、長く生きるってこういうことなんだな、と」

「ほんとですね。あの文章を読んで、父とずっといっしょに暮らしてきたのに、父のことをほとんど知らなかったんだと感じました」

「なるほど。家族ってそういうものかもしれませんね」

　大輔さんが深くうなずいた。

「祖母もそうでした。わたしがひとつばたごに参加したのは、ひとつばたごに通っていた祖母が遺したメモがきっかけだったんです。祖母と過ごした時間は長かったし、いろんなことを話した気がするんですけど、祖母がどんな人だったかわかるようになったのは、ひとつばたごに行くようになってからのような気がします。そのときには祖母はもう亡くなって、実際には会えないのに」

「不思議ですね。でもわかる気がします」

「わたしがまったく知らなかったことをひとつばたごの人たちから聞いて、祖母のことが前よりわかるようになったんですよ。祖母が作った句を教えてもらって、そんなことを感じて生きていたのか、と思ったり。でも連句のことをなにも知らずに句だけ読んだら、そこまで深く読み取れなかったと思うんです」

　ときどき、祖母といっしょに連句を巻くことができたら、と思うことがある。この句に祖母だったらどんな句を付けるだろう、と想像したりもする。叶わないことだけど、そう考えるとき、近くに祖母がいるような気がする。

「連句はまわりにあるほかの句と響き合うところがありますからね。前の句を見て、ここから発想してこの句が生まれたんだと思うと、一句だけ読むのより句の意味が広がるんですよね」

「そうですね」

その通りだと思ってうなずいた。

「ただ、こういう感覚を持ったのは、ひとつばたごにうかがって連句を巻いてからのような気がしてるんです。きりん座の連句ではあまりこういう感覚はなくて。もっと技の競い合いみたいなところがあるんですよね。個性と個性がぶつかる感じ。だから緊張感があって、一句ずつが輝いて見える。それも魅力があるんですけど、ひとつばたごにはまた全然ちがう良さがあります」

「そうですよね、わたしもきりん座で巻いたときそう思いました。ひとつばたごとちょっとちがうな、って。ひとつばたごよりあざやかで、すごく魅力的なんだけど、自分はここではやっていけないような気もしましたし」

「そうなんですか？　すみません、居心地が悪かったですか？」

大輔さんが目を丸くしてこちらを見た。

「いえ、そうではないんです。皆さん親しくしてくださいましたし。ただ、自分にはこういう挑むような感じが欠けているのかな、とちょっと尻込みしてしまいました。今日のトークでも皆さん前に出る感じで、そこがすごいなあ、と」

あわてて答える。

「それは僕もちょっとわかる気がします。きりん座にいて、先輩たちが作っている短歌を見るとすごく憧れるんですよね。でも自分にできるとは思えない。短歌に向いてないのかもしれない」

「そうなんですか？」

驚いて訊いた。

「言葉でなにかを表現したい気持ちがあって、久輝先輩に誘われて睡月《すいげつ》さんの連句会に行って、おもしろいな、と思って」

睡月さんは、桂子さんや航人さんといっしょに冬星《とうせい》さんの連句会「堅香子《かたかご》」に所属していた人だ。俳人でもあり、若者に連句を普及する活動をしていて、一月の連句の大会も睡月さんの教え子たちが開催したものだった。大輔さんも最初は睡月さんのところで連句を習ったらしい。

「それできりん座の連句会にも参加したんです。でも、ひとりで短歌を作るとなると全然うまくいかない」

「わたしもです。お店のイベントのために短歌を作ったことがあるんですけど、気恥ずかしいだけで」

あずきブックスの短歌入門イベントのときのことを思い出して苦笑いした。

「僕も短歌より連句の方が性に合うのかもしれません。文章も自分の気持ちを書くより、坂について調べて書くのが楽しいんですよね。『自分』というものがちょっと薄いのかもしれないです」

「『自分』が薄い？」

「短歌って自分の感覚を強く押し出していくところがあるじゃないですか。そういう強く押し出すものが僕のなかにはあまりなくて。それより自分の外にあるものの方に惹かれるんですよ」

「坂とか？」

「ええ、そうです。坂とか、坂とか、坂とか」

大輔さんが笑った。

「俳句だったらできるかな、と思ったときもあったんですけどね。俳句は主役が自分じゃなくて季語だから。でも、そうでもなかった。物事を一行でぴしっと言い当ててるみたいなことが全般的に向いてないのかもしれないです。なにを見ても、そこから考えが広がって、あれもこれも、ってなってしまうんですよ」

「わたしは単にひとつばたごでいろいろな人と場を共有するのが好きなのかもしれないです。この人はこの句にこんなふうに反応するのか、とか、そういうのを見ているだけで楽しくて」

「いろいろな世代の人がいるのもいいんですよね。世代がちがうということは、見てきた世界がちがうということなんだって感じます」

「知ってることがちがうっていうだけじゃなくて、物事のとらえ方も感じ方も全然ちがいますよね。そういうことがわかるたびに、なんか感動してしまうというか」

そう言いながら、以前航人さんが言っていたことを思い出していた。

——僕は、人はもっとほかの人のことを考えた方がいいと思うんです。考えてもわからないけど、わからないところがいいんです。だからね、僕は自分じゃできないけど、短歌や俳句も句会や歌会があるからいいなあ、と思っているんです。自分に向き合うんじゃなくて、わからない人といっしょにいることについて考えるのが生きることだと思うから。

連句をはじめて半年くらい経ったころのことだ。連句の席で航人さんはそう言った。

そのあと桂子さんから航人さんのこれまでの話を聞いて、その言葉の意味がなんとなくわかった気がした。それからもなにかあるごとにその言葉を思い出し、さらにわかった気持ちになった。

いまもそうだ。少しずつ「わかった」の中身が深まっている。でも、まだ全部は見えていない。これからもこうやって「わかった」をくりかえしていくのかもしれないな、と思う。

「僕も最近すごく思うんです。人ってみんなちがうものだな、って。自分が考えていた以上にちがう。そこがおもしろいし、怖いし、でもそれがわかるとなんかやる気が出てくる。自分も自分なりにがんばろうって」

大輔さんのその言葉がなんだか心に深く染みこんできた。

「だから、今回のお父さんのエッセイもすごく響いたんです。この文章の向こうに生きた人間がいる、って思えた。共感するところもありましたし」

「どのあたりですか？」

「自分は先輩みたいになれない、というようなことが書いてあったじゃないですか。ほんとに特別な人だったのか、時の運でそうなっただけなのかわからないですけど、とにかく特別な人っていうのは存在していて、自分はそれにはなれない。僕も似たことを感じてましたから。たとえば久輝先輩は特別なんですよ」

「たしかに、今日のイベントでもオーラがありましたよね」

「自分の近くに強烈な光を放つ人がいると、なんか気後れしちゃうんですが、最近、僕も自分なりにやっていけばいいのかな、と思うようになって」

大輔さんが空を見あげた。

「意味があるのかわからないし、どこかに行き着けるかもわからないんですけど、それでもやりたいことをやればいいんじゃないか、って」

「そうですね。実は、あの原稿を読んだあと、父に言われたことがあって」

父からのメールのことを思い出し、そう言った。

「お父さんに？」

「はい。父は、わたしが仕事しながら連句を続けているのがうれしい、って。自分は途中で写真をやめてしまったけど、表現するということは、特別なものになるということとはちがう。祖母がいつも言っていたことだそうです。まわりの人といっしょに楽しくできればそれがいちばんだって」

「そうかもしれないですね」

大輔さんがうなずく。

「それから、仲間を大事にしろって」

メールを読んだときも胸がいっぱいになったけれど、こうして口に出してそう言うと、なんだか涙がこぼれそうになった。

「すごくわかります」

大輔さんが大きくうなずいた。

「父とそういう話ができてうれしかったんです。だから、今回の雑誌に誘っていただいたことにすごく感謝してます」

わたしはぺこっと頭を下げた。

「え、それは……。最初の号からこんな充実した内容になって、全部一葉さんのお父さんのおかげだと思ってます。一葉さんのイラストもすごく素敵でした。まだ終わっていないページもありますし、入稿するまでは気が抜けないんですけど」

大輔さんが笑った。

「あ、それから……。実は大事なことがひとつまだ決まっていなくて……」

「大事なこと？　なんですか？」

「タイトルです。雑誌のタイトル」

「あっ、たしかに」

文芸マーケットの申し込みには出店者名が必要で、雑誌名が決まっていないから、今回はとりあえず「坂道愛好会」という名前で登録したと聞いていた。

「まだ一冊目なんですが、いちおう続けていきたいと思っていて。『きりん座』みたいに文芸マーケットに合わせて半年に一度出すのが理想的ですけど、仕事もあるし、一年に一度になるかもしれない。でも、続けていこうとは思ってるんです。だから、飽きのこないタイトルにしたくて。『駅の記憶』みたいに」

大輔さんが言った。「駅の記憶」というのは文芸マーケットで販売されている、駅の写真を中心とした同人誌だ。サークル名も「駅の記憶」。雑誌の編集から出店までひとりで運営していて、雑誌はもう三十号以上出ている。大輔さんはこの雑誌が好きで、文芸マーケットのときは毎回必ず買いにいっているらしい。

「『駅の記憶』は内容もわかりやすいですし、いいタイトルですよね」

「ただ、僕の雑誌はもうちょっと……なんだろう、『駅の記憶』よりほっこりした、っていうか、日なたっぽいイメージにしたいっていうか」

「日なたっぽいイメージ……？」

なんとなく、言いたいことはわかる。「駅の記憶」にはノスタルジックでさびしげな雰囲気がある。それよりあかるいイメージということだろう。しかし、具体的にどんな言葉がいいのかは思いつかない。

「すみません、漠然としすぎですね。もっと一般に開かれた、読んだ人が坂に興味を持って行ってみようかな、と思えるような……。身近な感じっていうのか」

「じゃあ、ガイド風の名前はどうですか？　『散歩の達人』みたいな」

「ああ、それはちょっとイメージに近い気がします。散歩っていう響きはいいですね。日なたっぽいし、身近だし」

大輔さんがうなずく。

「『坂道散歩』とか？　散歩をひらがなにすると、ほっこり感が出るかも」

「『坂道さんぽ』……。いいですねえ。でも、ひらがなの『さんぽ』は、一葉さんのお父さんの写真の雰囲気にはちょっとやわらかすぎるかもしれませんね」

大輔さんが笑った。

「ちゃんと撮った写真は存在感があるんですよね。緊張感があるっていうか。それが魅力だし、今後もお父さんの古い写真を取り入れていきたいですし」

そう言われ、父の写真を思い浮かべた。むかしの写真もそうだが、この前の撮影の際の写真もずっしりとした重みのようなものがあった。

「それに、文芸マーケットの場合、もっと文学的で、おやっと思わせるようなものの方がいいのかもしれないですね」

「わかります。でも、詩的なタイトルとか謎めいたタイトルとかはちょっと気恥ずかしくて。端的なものが理想なんです。『きりん座』は絶妙ですよね」

大輔さんが苦笑いする。

「英語にして『slope』とかはどうですか?」

「ああ、たしかにそれは雑誌のタイトルっぽい気がします。やわらかすぎないし。でも、横文字っていうのはちょっと気取りすぎかなあ」

そんなことを話しているうちに、二次会の会場の店が見えてきた。

「まあ、印刷所に入稿するまでに決めればいいんですけどね」

「わかりました。わたしももう少し考えてみます。父にも訊いてみますね。なにか

「ありがとうございます。助かります。僕ひとりじゃどうにも……」

大輔さんは困ったように笑った。

店にはいると、みんなすでにかなり盛りあがっていた。大輔さんは岩田さんや冬野さんのところにあいさつに行き、わたしは蛍さんと優さんの席の近くに座った。優さんは、向かいに座ったきりりん座の茜さんや翼さん、七実さんと熱心に会話している。

「わたしは詩は書けるけど、短歌は全然書けないんですよ。川島《かわしま》久子さんともむかしからの付き合いなんですけど、彼女の考えてることもよくわからなくて」

優さんが言った。歌人の久子さんは蛍さんの大学で短歌を教えている。航人さんとも古くからの付き合いで、ひとつばたごにもときどき顔を出している。

「いや、彼女の短歌がすごく明晰《めいせき》で正確だっていうのはわかるんです。だけど、どうしてそういう表現を思いつくのか、そのロジックがよくわからない」

「川島久子さんは天才なんですよね。だから思考の筋道が見えない」

茜さんがうなずく。

「わたしも人の作った短歌を読むことならできるんです。良さもある程度わかる。

でもそこに至る経路がまったくわからない。だから今回のトークはすごく興味深かったですよ。相変わらず短歌の発想方法はわからないけど」

優さんが笑った。

「そんなことを言ったら、わたしたちは詩の方がわからないです」

七実さんが言った。

「詩は形がはっきりしないじゃないですか。短歌はこの形になれば完成みたいなのがわかるんですけど、詩はどうなったら終わりなのかよくわからないですし」

「ほんとうの詩というのはもしかしたら終わりがないものなのかもしれないですね。そこから強引になにかを切り出して、文字の形にしているのかもしれないなあ」

優さんが答える。

「なんか、そういうところからよくわからないです。神秘的でかっこいいなあ、とは思うんですけど、自分で書こうとするとゆるゆるになっちゃうんですよね」

七実さんが首をかしげる。翼さんも笑いながらうなずいていた。

4

翌週の週末はひとつばたごの定例会。お菓子の定番は「土佐屋」の「いもようかん」だが、週の半ばに蒼子さんから連絡があり、旅先で買ってきた素敵なお菓子があるので、それを持っていきます、と言う。

岐阜県大垣《おおがき》市の老舗《しにせ》の菓子店「つちや」の「みずのいろ」というお菓子だ。仕事の都合で夏季休暇を取れなかった蒼子さんはその週に有給休暇を取り、大学時代の友人が暮らしている大垣を訪ねた。

大垣は地下水の恵みで発展した町で、むかしから「水の都」と呼ばれている。みずのいろはその友人から紹介されたもので、つちやが水への想いを込めて作った寒天製の琥珀《こはく》菓子なのだそうだ。

――ちょっとびっくりするような形なの。ネットで調べれば画像が出てくると思うけど、実物を見て驚いてもらいたいから、一葉さんも検索しないでね。

蒼子さんはそう言っていた。

検索するな、と言われると逆に調べたくなるところだが、実物を見て驚きたい、という気持ちが勝って、楽しみに待つことにした。

今日の会場は前回と同じライフコミュニティ西馬込。西馬込駅を出て信号待ちをしているとうしろから呼びかけられ、ふりむくと蛍さんだった。

「この前のイベント、来てくれてありがとう」

二次会の会場では蛍さんとちゃんと話せなかったので、あらためてお礼を言う。

「こちらこそありがとうございます。わたし自身も聞きたかったんですが、優さんがどうしても行きたいっておっしゃって」

蛍さんが言った。

「短歌もおもしろそうですよね。いますごく流行ってますし。ただ、あのとき優さんが自分は短歌は書けない、っておっしゃってましたけど、わたしも自分は短歌に向いてないな、って」

「え、でも、大学で久子さんの授業を取ってたんでしょ？」

以前あずきブックスで開催した短歌イベントのときも、蛍さんの作った歌は参加者の人気投票で三位に入選していた。

「短歌は思うようにならなくて。以前は続けていればできるようになるのかな、とぼんやり思ってたんですけど、詩を書くようになってから、短歌はちがったんだな、とわかった気がしました」

「そうなの？　不思議だね」

「でも、歌集をまとめる話はすごく参考になりました。わたしもいつか自分の詩集を作りたいですし。歌集や詩集にまとめるには、短歌や詩を一編作るのとは全然別の力が必要なんだなってわかった気がして……」

信号が変わり、国道を渡りはじめる。

「そういえば、あの日、一葉さんが帰ったあと、優さんが久輝さんを雑誌に誘ってたんですよ」

「雑誌って、優さんの？」

優さんの雑誌「アカシア」は詩の同人誌である。そこに久輝さんを誘うということは、久輝さんも詩を書くということ？

「そうなんです。『アカシア』の書き手は基本的には詩人なんですけど、ほかのジャンルの人を招くこともあるみたいで。久子先生も書いたことがあるみたいです。詩じゃなくて短歌ですよ」

「じゃあ、久輝さんも短歌で？」

「そうだと思います。今回は間に合わないから春に出す号ですけど。優さんは『きりん座』も読んでいて、イベントの前から久輝さんに注目してたらしくて、トークを聞いてますます気に入ったみたいなんですよ。久輝さんの書くものは短歌もエッセイも『アカシア』の雰囲気と通じるところがあるって」

「それで、書くことになったの？」

「久輝さんも『前向きに検討します』って言ってたので、たぶん……」

優さんと久輝さん。響き合うところがあるのはなんとなくわかる気がした。

「けど、ちょっと不安なところもあって……」

蛍さんが口ごもる。

「不安？」

「わたしはよくわからないんですけど、なんか久輝さんときりん座の未加里さんとのあいだでトラブルがあって、そのせいで未加里さんがきりん座をやめちゃったって、翼さんから聞いて」

「えっ？　やめちゃった？」

未加里さんがイベントに来ていなかったのはそのせいだったのか。

「やめるっていう連絡が来て、もちろん茜さんたちは止めたみたいなんですけど、その後は電話もつながらないし、メールもメッセージも返事がないそうです。イベントや二次会ではほかの人もいるので表に出さなかったけど、七実さんは久輝さんに対してけっこう怒っているらしくて」

大輔さんもあの日はその話をまったくしなかったけれど、未加里さんが久輝さんと付き合っているということは、大輔さんから聞いていた。

「もちろんアカシアの同人はずっと年上の人ばかりですし、今回ゲストとして書くだけでアカシアにはいるわけじゃないと思うんですけど」

蛍さんが困ったように笑う。

「それはちょっと気になるね。未加里さんのことも……」

「でも、わたしはきりん座のメンバーじゃないですし、あんまり根掘り葉掘り聞くわけにもいかなくて」

久輝さんの横顔が頭をよぎった。

――未加里さんも繊細なところがあるからね。だから久輝先輩に惹かれるんだろうけど。

あのとき大輔さんはそう言っていた。

――結局、才能っていうのは世界とのズレだから。孤独と同じなんですよね。

――世界がほかの人とはちがって見える。人と共有できないものを抱えてるってことです。けど、共有したいと思っているから言葉にする。だれかと結びつきたいと願う。だからこそ才能のある人の言葉は切実で、ほかの人を惹きつける。

久輝さんのことをそんなふうに表現していた。ふたりのことをよく知らないからなにも言えない。航人さんと森原泉《もりはらいずみ》さんとのことでも思ったことだけど、才能が人との関係を壊してしまうこともあるのか、と心がすうっと冷えた。

二階の会議室に行くともう準備がはじまっていた。蛍さんとわたしも手伝いに加わる。あとから悟さんや萌さんも到着し、定時に連句会がはじまった。

今日の出席者は航人さん、桂子さん、蒼子さん、直也さん、悟さん、陽一さん、萌さん、蛍さん。鈴代さんは家の都合でお休みだった。

十月なので、まだ秋である。前回とちがい、さすがに気温も下がって秋らしい雰囲気になっている。そのおかげか、みんなさらさらと短冊に句を書いている。

発句には蛍さんの「明け方の空に浮かんだ月の舟」が選ばれた。

発句から月の句である。秋はじまりの歌仙では三句目までに月を出す決まりがある。発句で出なければ脇、脇で出なければ第三。出るまでずっと月のことが気になる。だからこうして発句で月が出るとほっとする。

脇には直也さんの「ようよう寒く丸まりし猫」。「ようよう寒し」は晩秋の季語で、ようやく寒さを覚えることを言う。「漸寒《ややさむ》」などと同じ意味である。

発句と脇は現在の季節を詠む決まりで、今回の場合「月の舟」は三秋《さんしゅう》、つまり、初秋から晩秋までいつでも使える季語である。直也さんはそこに、いまの時期である晩秋の季語を用いた脇を付けた。

「そういえばもう晩秋なんですね。なんだか信じられない」

蒼子さんがしみじみと言う。

「初秋はもう以前から夏に取りこまれてましたけど、最近では仲秋も途中まで夏の仲間みたいになってますからね。秋だと思ったらすぐに晩秋」

悟さんが笑った。

その後もスムーズに句が付いた。秋が三句連なったあと、季節のない雑が二句続き、冬の句が一句付いて表六句が終了。おやつタイムとなり、蒼子さんがしずしずと包みを取り出した。ほどくとなかからおしゃれな真っ白い箱が出てきた。

「和菓子……なんですよね？　すごくスタイリッシュですけど」

直也さんが不思議そうな顔になる。

「そうなんです。作っているのは『つちや』っていう宝暦五年、つまり一七五五年創業の老舗で、本店の建物も濃尾《のうび》地震直後に建てられた木造建築なんですよ」

「濃尾地震っていうのは、たしか明治二十四年でしたよね。その直後に建てたということは、築百年を超えてるってことですか」

直也さんが目を丸くする。

「瓦屋根の立派な建物なんですよ。『柿羊羹《かきようかん》』っていう有名なお菓子もあって。この『みずのいろ』はその老舗が平成後期になって作った新作で、発表されたときはかなり話題になったとか。わたしも見たときはあまりのきれいさに感動しちゃって……」

蒼子さんが白い箱の蓋を取る。なかには薄い円盤の形をした色ガラスのようなものがあらわれた。一枚ずつ色がちがい、白、赤、橙、黄色、緑、青と順番にならんでいる。

「うわ、なんですか、これは……」

萌さんが目を丸くする。

「これは上品ねえ」

「お菓子っていうより、工芸品みたいです」

桂子さんと悟さんがお菓子をじっと見つめた。

「機械的な円じゃないんですね。縁も不規則だし、厚みにも揺らぎがあって、一枚ずつ微妙にちがう。むかしの磨《す》りガラスみたいだ。一枚ずつ手作りなんですね」

陽一さんが言った。

「大垣は『水の都』って言われていて、お菓子作りも良水のおかげで発展してきたんですね。『みずのいろ』は四季折々の景色を映す水に見立てたもので、琥珀《こはく》とか、干錦玉《ほしきんぎょく》と言われる伝統菓子の一種なんですけど、それを限界まで薄くしてこの形にしたそうです」

「素晴らしいですね。形もそうですけど、パッケージも斬新です。伝統とあたらしさが共存しているような」

直也さんが言った。

「味も全部ちがうんですよ。こちらに説明があります」

蒼子さんが差し出したリーフレットに、「あか」はローズヒップといちごジャム、「きいろ」は柚子、「みどり」はミントと緑茶など、それぞれの材料が書かれている。迷いながら一枚ずつ取る。わたしはみかんがはいっているという「だいだい」を選んだ。形をながめたり、光を透かしたりしているだけでしあわせな気持ちになり、食べるのが惜しいくらいだ。

端の方を一口かじると、しゃりっとした食感のあと、ほんのりみかんの香りが漂う。甘味も繊細で、甘い水が舌先に染みこむようだった。

裏にはいってしばらく恋句が続き、蒼子さんの「ペアのカップでコーヒーを飲む」のあと、陽一さんの「幽霊の家族が暮らす団地跡」が付いた。

『幽霊の家族』っていうところがおもしろいですね。幽霊っていうのはたいていひとりですが、家族で住んでいると思うと、ちょっと楽しそうですね」

航人さんが笑った。

「実はこの前、知人に誘われて赤羽《あかばね》の『URまちとくらしのミュージアム』という施設に行ったんですよ。昭和の団地の博物館みたいなもので……」

陽一さんが言った。

「ああ、そこ、知ってます」

直也さんが言った。

「前に新聞で見ました。古い団地の建物が保存されていて、内部を展示したミュージアムが併設されているんですよね」

「ええ。同潤会《どうじゅんかい》の団地の室内が再現されてたりするんです。単身者用から家族用までいろいろな間取りの部屋があって」

「当時は団地というのは高級なもので、そこに住むのはそれなりに所得の高い人だったんですよね。都内の団地に住んでいるのがステイタスだったとか」

蒼子さんが言った。

「そうみたいですね。再現された部屋のなかにはいることができて、タイムトリップしたみたいな気持ちになったんですよ。僕が生まれる前のものがほとんどなんですが、親の世代でこういう暮らしをしていた人たちもいたんだなあ、って。それで、団地にそのまま住んでる幽霊の家族がいたらおもしろいなって」

「あのあたりはすごい団地群ですけど、むかしは軍都だったんですよね」

直也さんが言った。

「軍都？」

蛍さんが首をかしげる。

「軍用施設がたくさんあった場所なんですよ。この近くでいま赤羽自然観察公園になっているあたりは兵器や弾薬を補給する兵器補給廠《しょう》。坂の上の団地がある場所には火薬庫があった。軍用物資を作るところもたくさんあったとかで」

陽一さんが説明する。

「むかしあのあたりに住んでいた知り合いがいたのよね。戦争で焼け出されてしまった方で、しばらくはその火薬庫に住んでいたとか……」

桂子さんが言った。

「戦後、陸軍が解体されたから、戦災で家を失った人や引き揚げてきた人たちに火薬庫の建物が住居として提供されたんですって。その跡地が団地になった」

こういう話が聞けるのも、ひとつばたごの良さだと思う。

たまにいらっしゃる睡月さんは祖母よりも少し上、桂子さんは祖母より下で、戦後すぐの生まれだ。その年代の人と親しく言葉を交わす機会はほかではあまりない。祖父母が亡くなってしまったいまはとくに。

「僕も行ったことがありますよ。あのあたりは防空壕も残っていますし、陸軍の貨物線路の跡が整備されて歩行者用の通路になっていたりするんですよ。あちこちに当時の跡が残っているけれど、その上は団地や公園になって、のどかな日常に覆われている。生きていることが不思議になるんですよね、あそこにいると」

航人さんがおだやかな声で言う。東京もかつて空襲にあった。その上に団地や家が建ち、道ができ、わたしたちが暮らしている。

「じゃあ、そろそろ句の方に戻りましょうか」

航人さんの言葉にはっとした。

「幽霊の家族の話になったから、もうここで恋は終わりってことですよね」

萌さんが訊く。

「そうですね。恋からはいったん離れましょう。まだ季節もなしでいいですよ」

航人さんが答えた。

「あ、じゃあ、こんなのはどうですか?」

直也さんがさっと短冊を出す。

「ああ、いいですね。ここはこちらで」

見るなり、航人さんがにまっと笑い、蒼子さんに短冊を渡す。蒼子さんもくすっと笑いながらホワイトボードに句を書き出した。

ペアのカップでコーヒーを飲む　蒼子
幽霊の家族が暮らす団地跡　陽一
昭和歌謡が響き続けて　直也

「わたしたちにとってはなつかしくて、なんだか切なくなるわねぇ」

桂子さんが笑った。

――いろいろな世代の人がいるのもいいですよね。世代がちがうということは、見てきた世界がちがうということなんだって感じます。

――僕も最近すごく思うんです。人ってみんなちがうものだな、って。自分が考えていた以上にちがう。そこがおもしろいし、怖いし、でもそれがわかるとなんかやる気が出てくる。自分も自分なりにがんばろうって。

大輔さんがそう言っていたのを思い出し、ほんとにその通りだなあ、と心のなかでうなずいていた。

坂道ノート

1

「きりん座」のイベントのあとに渡された大輔さんの雑誌のレイアウト済みの原稿は、父とふたりで目を通した。

父にも自分の原稿の内容を確認してもらった。誤字は前にもチェックしていたが、紙に印刷されると印象が変わるのだろう、いくつか赤字がはいっている。わたしもイラストマップとカットを見直し、わかりにくいところを調整した。

「雑誌名が決まってないみたいなんだけど、なんかいいアイディアない?」

大輔さんに修正部分に関するメールを送ったあとで父に訊いた。あれから何度か思いついたアイディアを送ってみたが、ぴんと来るものがないようで、まだ決まらずにいた。

「タイトルっていうのは雑誌の顔だからなあ」

「お父さんの大学時代の写真部って、部誌みたいなのは作ってなかったの?」

「ないよ。大学祭で写真の展示はしたけど、部誌は作ってない。あのころはまだワープロもみんなが持ってたわけじゃなかったんだよ。文芸部の部誌も手書きが混在してるようなやつで。写真は粗《あら》い画像になるだけだからね。雑誌にしようっていう発想がなかった。いまは素人でもカラーの冊子を簡単に作れるんだから、世の中変わったよなあ」

父がしみじみと言う。

「お父さんも時間があったら当日文芸マーケットに来てよ。きっとびっくりするよ。わたしだって驚いたもん。こんなにたくさんのサークルが自分たちで本を作ってるのか、って」

「へえ。どれくらいいるんだ？」

「前回の来場者は一万人を超えてて……」

「え、一万人？」

父が目を見開く。

「出店サークルも一五〇〇とか？　広い会場が全部同人誌で埋め尽くされてて」

「コミケがすごい人数だっていうのはよく聞いてたけど、文学だけのイベントでそんなに集まるのか。それはちょっと見てみたいね。単純にどんなものが売られているのか興味がある」

「規模が大きすぎて、当日ふらっと来て把握できる量じゃないんだよ。だからいまはみんな前もってSNSで宣伝したりするわけ」

「なるほどねえ」

父は感心したようにうなずく。

「この前『あずきブックス』のおすすめ本コーナーに置かれていた雑誌もみんな同人誌なんだろ？　出版社の作ったものかと思うようなものも多かったし。『きりん座』もよくできてた。DTPが発達したからなあ」

父は何度かあずきブックスで大輔さんと打ち合わせをしていて、おすすめ本のコーナーの同人誌もそのとき目にしたみたいだ。

「で、タイトルが決まらないんだって？」

「そうなんだよ。タイトルってむずかしいよね。かっこつけすぎたり、奇をてらいすぎてもダメだし、旅行雑誌みたいなのともちがうし」

「まず、アピールしたい項目を整理するといいんじゃないか。キーワードは『坂』と『写真』だよな」

父はそう言って、近くにあった紙に「坂」と「写真」と書いた。なるほど、こうやって大事な言葉を取り出していくとまとまりやすいのかもしれない。

「あと、城崎さんは『人々の暮らし』が大事だって言ってたような……。坂のまわりの日常っていうか……」

『暮らし』と『日常』……」

父が唱えながら「暮らし」と「日常」と書き足す。

「ちょっと関連語も集めてみようか」

父は「写真」のまわりに「光」や「レンズ」や「シャッター」「現像」などの言葉を足していく。わたしも「坂」のまわりに「斜面」「階段」「家」「道」などと書いてみた。

「たしかにむずかしいなあ。だいたい、いまの若い人たちの感覚もよくわからないし。それに、こういうのは一葉の方がうまいんじゃないのか。ポップ書いたり、連句やったりしてるわけだから」

「うーん、そうなんだけど」

考えれば考えるほどわからなくなる。わたしがポップの仕事をしているお店を思い出してみると、「パンとバイオリン」というパン屋さんも「houshi」という園芸品店も「くらしごと」という器の店も、どれも名前がその店の雰囲気もばっちり言い表していて、かつ個性的だ。「あずきブックス」だって……。

きっと求められているのはそういうものなんだよね。

主役は「写真」という手段ではなく、「坂」という対象の方。となると、タイトルも「坂」に焦点を当てるのが良さそう。「駅の記憶」に近い形だとすると「坂の手帳」とか？　「坂日記」「坂と生活」……？　「坂マニア」とかもありそうだけど濃すぎるし、「坂コレクション」もなんかちがう。

「まあ、こういうときは一晩寝かせた方がいいかもしれないぞ」

父は無責任にそう言って、自分の部屋に行ってしまった。


お風呂の中でも、眠る前も、タイトルのことを考えていたが、結局これといったものは思いつかなかった。朝起きてリビングに行くと、母がいた。父はもう仕事で出かけたらしい。

「出る前に、一葉になんかメモを書いてたよ。テーブルの上に置いてある」

母に言われ、テーブルを見た。ふたつ折りにされたB５サイズくらいの紙があり、広げると父の文字が記されていた。

タイトル案です。
「坂上ル、坂下ル」↑ちょっと京都風に
「坂道観察日記」↑日記じゃないか（笑）
「坂道の地図帳」↑地図でもないかな（笑）
「坂道探訪」↑文学的なのでイチオシ！

「坂道放浪」↑これは昭和すぎるかな
「坂のつれづれ」↑言葉の使い方がこれでいいか不明だがとりあえずがんばって考えたけど、これしか思いつかなかった。

できるだけ文学っぽくしてみたが、なかなかむずかしいね。

紙にはそう書かれていた。考えていてくれたんだ、とちょっとうれしくなる。どれも父らしい気がしたし、「文学っぽく」しようとしたことも伝わってくる。

これはすべて大輔さんに伝えるとして、わたしもちゃんと考えないとなあ。

母は出かける支度をはじめ、わたしはパンをトースターに入れ、卵を焼いた。コーヒーメーカーのスイッチを入れてから、父のメモを見返す。

メッセージで連絡を取ることはあるけれど、こういうふうに紙に書かれた父の文字を見るのは久しぶりな気がした。罫線のはいった紙で、片側はざっくり切り落とされている。メモ用紙だと思っていたけど、ノートの一ページみたいだ。

ノート。その言葉が頭のなかに響いた。

雑誌のタイトル、「坂道ノート」はどうかな。父の書いたタイトルの下に「坂道ノート」と書いてみる。漢字とカタカナの組み合わせで、適度に軽さがあり、悪くない気がした。

母が出かけていき、時計を見るとわたしも出かける時間が近づいていた。あとはまた夜に考えるとして、とりあえずここまでに出た案をまとめておこう。父の案と自分の案をあわせて大輔さんに送り、急いで朝食をとった。

夜に大輔さんから返信がきた。


いろいろ考えていただき、ありがとうございます！

自分でも考えていたんですが、「坂道ノート」で行こうと思います。

ほかも素敵でしたが、自分にはちょっとかっこよすぎるかな、と思ったり笑。

「坂道ノート」がしっくりきました。さりげないけど、雑誌の趣旨にいちばん合っている気がしますし、プレーンで飽きがこない気がしました。

まだざっくりとですが、写真と組み合わせてみたらけっこういい感じだったので、こちらで行こうと思います！


メッセージに表紙のラフが添付されていた。お化け階段の写真の上に斜めに大きく「坂道ノート」の文字がはいっている。太めでかっちりしたゴシック系の書体だ。父に見せると、なかなかいいじゃないか、と言った。自分の提案したタイトルが選ばれなかったのは少し残念だったみたいだが、いまはやっぱりこういう軽めのものの方がしっくりくるね、と笑っていた。

翌日大輔さんから入稿したという知らせが来た。写真がメインの雑誌だから、印刷費は少し高いが、画像の印刷がきれいだと評判の印刷所を選んだらしい。

——たぶん大丈夫だとは思うのですが……。イベント会場直送にしたので、仕上がりは当日までわからず、ちゃんとできているか不安です。

メッセージにはそう書かれていた。

2

文芸マーケットの開催は、十一月の第二土曜日。この日は一日大輔さんのブースを手伝う予定で、泰子さんの了解も取った。前回と同様、休憩時間にあずきブックスとして会場の視察をおこなう条件つきである。

泰子さんはあらたなリストを作成していた。あずきブックスでの二回の同人誌フェアを経て、声をかけるサークルを増やそうと考えているらしい。今回のリストでは、いま話題になっている短歌、エッセイ、日記本などに重点が置かれていた。

「ひとつばたご」の陽一さんや鈴代さん、萌さんからは、雑誌を作るための視察として会場に行くので、そちらにも立ち寄ります、という連絡があった。蛍さんは午後から優さんのサークル「アカシア」の手伝いにはいるらしい。

大輔さんはきりん座のブースで売り子には慣れているようで、釣り銭準備や机に敷く布など、当日に向けて準備を進めているみたいだ。文芸マーケットの二週間前になって、商品が「坂道ノート」一冊だけだとさびしいから、時間があったらフリーペーパーを作りたい、というメッセージが来た。

――フリーペーパーってどういうものですか？

――きりん座でも作ってますが、白黒のチラシみたいな……。

――思い出しました。いただいた雑誌にはさまれてました。

前回の「きりん座」にそういうものがはさまっていたのを思い出した。A4サイズのコピー用紙を四つ折りにしたものだ。

新聞のような形式で、いちばん上に「きりん座新聞」と書かれている。今号に関するちょっとしたあいさつに「きりん座」本誌にははいっていない短歌がいくつか。メンバーの近況や雑誌制作にまつわる裏話、既刊の紹介など。

文字だけの簡易なものだったが、それがまた読みやすさにもつながっていて、ついつい引きこまれ、最後まで読んでしまった。

――ああいう無料の配布物を作っているサークルは多いんですよ。無料配布物があると立ち止まってくれるお客さんもいるし、話しかけるきっかけになるので。

大輔さんの説明に、なるほど、と思う。

――家のプリンターで出したものでよければわたしが作りましょうか？

メッセージにそう返した。

――houshiやくらしごとから店内に置く無料配布物を作る仕事も請け負っているので、慣れてますから。

――ほんとですか？　一葉さんが作ってくれればとても助かります。実は文芸マーケットまで出張が重なってしまって、時間が取れそうにないんです。

――そしたら作ります。内容はどうしましょうか。プリンターなので、写真はきれいに出ないと思いますが。

――文章メインですよね。「創刊のことば」なら書けると思います。

――いいですね！　作り手のなまの気持ちが伝わる気がします。

――たしかに作り手の声に興味を持ってくれる方はけっこういるような気がします。フリーペーパーなら、裏話的な書き方でよさそうですし。でも、文字だけだと人目を引くのがむずかしいので、雑誌に載せた一葉さんのイラストマップを入れるのはどうですか？　裏面全面をイラストマップにするんです。

――一部試し読みみたいな感じですね。いいと思います。イラストマップの上に、雑誌に同じものが載ってます、っていう説明を足しておきますね。

イラストマップの大きさは横長のA4だ。フリーペーパーもそれに合わせて横長のA4サイズとして、だいたいの文字数を決めた。


数日後、大輔さんから原稿が送られてきた。レイアウトして、タイトルまわりをデザインする。タイトルは「坂道ノート番外編」。「坂道ノート」の部分だけ雑誌と同じフォントを使い、雑誌よりカジュアルな雰囲気にするため「番外編」はポップな丸ゴシックにした。

なんか、これ、妙に楽しいな。

夜、自分の部屋で作業しながらそう思った。houshiやくらしごとの仕事でリーフレットを作る作業も楽しいのだが、これはまたちがった楽しさがある。あずきブックスの仕事で疲れているはずなのに、すっかり集中してしまっていた。

もしかして、これが自分の雑誌を作る楽しさ……なのかな？　「坂道ノート」は大輔さんの雑誌なのだが、内容を考えて、レイアウトを考えて、タイトルを考えて、販売方法を考えて……。そうした過程にかかわって、いっしょに作ってきたからか、自分もスタッフの一員のような気持ちになっている。

最初に話を聞いたときは、坂が好きなんて変わってると思ったし、どういう雑誌になるのか見当もつかなかったけれど、校正用のプリントを見て、大輔さんが作りたかったのはこういう世界なのか、とはじめてわかった気がした。

雑誌を作るというのは、自分の世界を形にするということなのかもしれない。

ちゃんと届けたいな、と思った。

大輔さんは、初参加だしなかなか売れないと思いますよ、と言っていたけれど、こういうものを求めている人はほかにもきっといるはず。数は少なくてもいい、そういう人たちにちゃんと届けば。

そのためには事前告知も大事なんだ。少し前に大輔さんはＳＮＳで「坂道ノート」のアカウントを作り、投稿をはじめている。きりん座をはじめまわりの人たちにもフォローしてもらっているみたいだ。大輔さんは当日まで仕事で忙しいという話だったし、ＳＮＳの投稿、わたしも手伝おう。

大輔さんと相談して、文芸マーケットまでの二週間、わたしが告知を担当することになった。ＳＮＳではやはり画像や映像の方が反応がいい。そこで、父にも許可を取り、大輔さんと父の写真の画像を少しずつ投稿することにした。

父の写真には、フィルムカメラで撮ったものだという説明もつけた。父は、いまどきモノクロの写真をおもしろがる人なんているのかな、と言っていたが、関心を持っている人はけっこういるようで、「ブースに伺います」という返信がつくこともあり、大輔さんも反響に驚いていた。

当日もブースの上に写真を展示したらどうだろう、と思いつき、大輔さんと父に提案してみた。ブースは長机半分の大きさだから、幅九十センチ。だが、商品としては雑誌一種類とフリーペーパーだけだから、スペースはじゅうぶんにある。

オリジナルプリントにこだわる父は、置くなら大きく引き伸ばした写真にしたいと主張し、プリント業者に写真を三枚引き伸ばしてもらった。


文芸マーケット前日、大輔さんと連絡を取り、持ち物の最終チェックと待ち合わせの確認をした。この前は一般来場者として会場に行ったが、今回は出店者としての参加になる。一般来場者より早く入場して、設営しなければならない。

大輔さんが出店者チケットを持っているので、会場の前で待ち合わせ、それを受け取ってから入場する。

わたしは自宅でプリントしたフリーペーパーの束と父の写真を持っていく。荷物は前もって宅配便で配送しておくこともできるのだが、受付期間が早くて発送が間に合わず、自力で搬入することになった。

フリーペーパーは、無料だからどんどん配ろうということで、二百枚刷った。あらかじめうちでふたつ折りにし、束ねて梱包する。

準備をしているうちにテンションがあがって、もっとあれこれ作りたい欲望に駆られたが、明日一日売り子としてがんばらなければならないのだ。日付が変わる前に寝ることにした。

3

当日は予定より早く目が覚めた。軽く朝食をとり、荷物をもう一度チェックする。あとから起きてきた父が、午後に顔を出すかもしれない、がんばれよ、と言って見送ってくれた。

会場の前のスペースには、文芸マーケットの出店者と思われる大きな荷物を抱えた人たちが大勢いる。そのなかに大輔さんの姿があった。いつもより大きなリュックを背負っている。

「おはようございます」

近づいて声をかけた。

「あ、一葉さん。おはようございます。今日はありがとうございます。フリーペーパー作りとか、宣伝にもご協力いただいちゃって……。ほんとに、一葉さんとお父さんがいなかったら、雑誌、完成しなかったと思います」

大輔さんが頭を下げる。

「いえ、こちらこそ、今回は撮影ルートとか、父が勝手に決めてしまったところがあって……。わたしも、途中から本作りやこういうお店みたいなことが楽しくなっちゃって、大輔さんの雑誌なのにいろいろ口出ししてすみません」

わたしのイラストマップやカット、父の原稿や写真には、あとで大輔さんから謝礼が出ることになっているし、印刷費もイベント参加費も大輔さんが支払っている。だからこれはあくまでも大輔さんの雑誌で、わたしは手伝いにすぎない。思わず夢中になってしまったけれど、そこはちゃんとしなければ、と思った。

「いえ、それもありがたかったんです。別の人の意見があると逆に自分のやりたいことがくっきり見えてくるっていうか。今回、一葉さんやお父さんがいろいろアイディアを出してくれたのがすごく助かりましたし、みんなで作ったというのが自信にもなってて……。じゃあ、行きましょうか」

「あ、はい」

大輔さんが搬入口と書かれた方に向かって歩き出し、わたしもあとを追った。

「自分の雑誌だと全部自分で判断しないといけないじゃないですか。内容もですけど、部数や価格も。紙の種類とか加工にもいろいろ選択肢があって……」

歩きながら大輔さんが言った。

「今回はとにかく写真をきれいに印刷するのが第一で、印刷所選びの基準ははっきりしてたんです。印刷代はけっこう高くつきましたが、写真がざらざらだったら目も当てられないですから」

「きれいに出てるといいですね」

「そうですね。今日箱を開けるまでわからないので、昨日はどきどきしてなかなか眠れなくて」

大輔さんは、ははは、と声に出して笑った。

「さっき一葉さんが言ってた、本作りやお店みたいなことが楽しくなって、っていうの、僕もわかります。一葉さんもそうだけど、僕も本業が販売業なんですよね。僕自身は接客はしないんですけど」

大輔さんは、生活雑貨販売の会社に勤めている。全国のデパートやショッピングモールに出店している大手チェーンだ。大輔さん自身は店舗勤務ではなく、本社で在庫管理や商品企画をする部署にいるらしい。

「だから、会社で宣伝用の冊子やチラシを作ることもありますし、編集とかレイアウトの作業自体は慣れているはずなのに、今回は、いつもとはちがった高揚感がありました」

「わたしもです」

「自分のやりたいことを詰めこんだ雑誌だからかな。もちろんたくさん売りたいし、続けるためにもたくさん売らないといけないんですけど、それより大事なことがあるっていうか」

大輔さんの声がはずんでいる。

話しているうちに入口につき、会場にはいった。広い場内にずらりとならんだ机と椅子。あちらこちらに出店者がいて、机にブースクロスをかけたり、商品のはいっている段ボール箱を開けたりしている。

その風景を見ていたら、うわあっとテンションがあがった。

ブース番号を見ながら自分たちのブースにたどり着く。となりのサークルはまだ来ていない。机の下にはもう印刷所から送られてきた段ボール箱が届いていた。

大輔さんは急いで箱を開け、なかの雑誌を取り出す。「坂道ノート」というタイトルが目に飛びこんできた。

どうぞ、と言いながら、大輔さんがわたしに雑誌を差し出す。わたしは自分の荷物を机に置き、雑誌を受け取った。

開くと、大輔さんの写真と父の撮ったむかしの写真が見開きにならんでいる。モノクロとカラー。いまとむかし。誌面に時間の流れが漂っている。

写真はすごくきれいだった。父の古い写真もつぶれたりとんだりもせず、鮮明だ。大輔さんの方のカラー写真もディスプレイで見たときと同じ色にしっかり再現されていた。なぜかそのうつくしさに感動のようなものを覚えていた。

やっぱり紙の本はいい。パソコンのディスプレイで見ていたときとは全然ちがう。紙の手触りもよく、一ページずつめくっていくのが心地よかった。

「よかったあ。きれいに印刷できてた」

大輔さんはほっとしたような顔になり、さらにページをめくった。イラストマップのページも、文章のページも問題ない。ぱらぱら最後までページをめくり、わたしもほっと息をついた。

「大丈夫ですね。安心しました」

大輔さんが本を閉じる。

「きれいにできてますね。よかったです」

本を見下ろしてそう答えた。

「あと、フリーペーパーは……」

「はい、このなかにあります」

わたしはトートバッグからフリーペーパーを一枚取り出し、大輔さんに渡した。

「かわいいですねえ。手作り感もあって素敵です。ありがとうございます」

「よかったです」

気に入ってもらえたようでほっとした。

「じゃあ、設営しましょう。ああ、でもよかった。ほんとに本を見るまでは気が気じゃなくて」

大輔さんは笑って、背負っていたリュックを下ろした。ここまで下ろしてなかったんだ、よほど中身が気になってたんだな、とちょっと笑いそうになった。

大輔さんがリュックから布を取り出し、机に広げる。端を固定した上で、リュックからディスプレイ用のグッズをあれこれ取り出した。

「真ん中に本を積んで、写真は両脇に置こうと思うんです。僕の写真はサイズが小さいのでこの棚を使います」

大輔さんはリュックから組み立て式の段ボール棚を取り出した。

「お父さんの写真には、この棚を使ってください。三枚ですよね？」

「はい」

準備の良さに驚きながら棚を受け取る。

説明書にしたがってふたりでひとつずつ棚を組み立てた。組み立て方も簡単で、扱いやすい。こんな便利なグッズがあるのか、と感心してしまった。組み立てた棚を机の両端に置き、本を真ん中に積む。フリーペーパーは本の横に置いた。

「フリーペーパーはある程度手元に置いておきましょう。迷っているような人がいたら、声をかけて手渡ししてください」

「わかりました」

それから組み立て式の棚に大輔さんの撮った写真と父の写真をならべた。大輔さんの写真はハガキサイズで数が多く、坂の写真がたくさんならんでいる。父の方は三枚しかないが、一枚ずつが大きいのでなかなか迫力があった。

「うわあ、やっぱりいいですねえ」

父の写真を見て、大輔さんがうなった。

「業者で現像してもらったんですけど、本人はこうやって飾るなら、ほんとはちゃんと自分で現像したかったって言ってました。暗室を作るわけにもいかないから実現はむずかしいですけどね」

大輔さんが持ってきた折りたたみ式のポスタースタンドに雑誌の表紙の画像にブース番号とブース名を入れたポスターを吊るし、ディスプレイは完了。あとは釣り銭を整え、売り上げの記録方法を聞いた。

「こんにちは〜」

通路から声がして、見ると翼さんが立っていた。きりん座のブースの設営が終わり、様子を見にきたらしい。

「すみません、翼さん。きりん座の方を手伝えなくて」

「こっちは大丈夫だよ。ブース、きれいにできてるね。写真が飾ってあるのも素敵だし。へえ、これが『坂道ノート』か……。いい感じだね」

翼さんが積んである「坂道ノート」を見る。

「おかげさまで、なんとか完成しました」

大輔さんが照れ笑いをする。

「いまはお財布持ってないから、あとでまた買いにくるね。今日は前半は売子で、後半交代してフリーになるから。そのときに」

きりん座の売り子は、前半は翼さんと征斗さん、後半は茜さんと一宏さんで、七実さんと久輝さんは来ないみたいだ。単に仕事などの都合なのか、蛍さんが言っていたトラブルを引きずっているのか。ちょっと気になったが、聞かずにおいた。

4

翼さんが帰ってしばらくすると、開会の言葉があり、入口が開いた。一般来場者が入場してくる。前回はわたしもあっちの立場だったんだよな、と思いながら、人の列をながめた。

早々に列ができているブースもあるが、坂道愛好会にはなかなかお客さんが来ない。ときどき少し離れたところに立ち止まって写真を見ている人もいて、フリーペーパーを渡してみたが、買うところまではいかなかった。やっぱりそんなに甘くはないみたいだ。

三十分くらい経ったとき、鈴代さん、陽一さん、萌さんがやってきた。三人とも文芸マーケットに来るのははじめてで、規模の大きさに驚いていた。

「待機列もあるし、会場が大きくてここにたどりつくまでが一苦労だったよぉ」

鈴代さんが目をぱちくりさせながら言った。

「ほんとですよねえ。コミケか、って思いましたもん」

萌さんがうなずく。

「これだけの規模だと思うと、なかなかやりがいがありますね。でも、このなかで目立つのは大変そうだなあ」

陽一さんがあたりを見まわす。

「来る前にウェブカタログに目を通してきたんですが、ジャンルごとにわかれてるんですね。連句はたぶん短歌や俳句の近くになると思ってそちらを先に見に行ったら、すごい人で。かなりがんばらないと埋もれてしまいますね」

陽一さんがうなった。

「短歌には人気ブースがたくさんありますからね。この前のあずきブックスのイベントに出ていた冬野さんのブースもいつも列ができてます」

大輔さんが答える。

「そうですね、さっきもすでに列ができていて、近づけない感じでした」

陽一さんが笑った。

「みんなSNSで告知をしてますからね。正直、そうやっても最初はあまり売れないと思います。きりん座のときもそうでした。それでも何回も出ているとだんだん認知されてくるし、商品が増えてくるとなんとなく売れるようになる、みたいなところもあります」

大輔さんが言った。

「なるほど。道のりは長そうですねえ」

陽一さんが腕組みする。

「でも、はじめないとどうにもならないじゃないですか。まずはやってみるってことで」

萌さんが力強く言う。

三人とも「坂道ノート」を一冊ずつ買ってくれた。陽一さんは父の写真をしげしげと見て、やっぱり存在感がありますねえ、と言っていた。

三人がほかのブースに行ったあと、茜さんと一宏さんがやってきた。

ふたりは後半売り子にはいるため、開場と同時にやってきて、それぞれ自分たちの見たいところをまわってから合流したらしい。「坂道ノート」を一冊ずつ買い、雑誌もフリーペーパーもよくできてますね、と褒めてくれた。

それからしばらくまたお客さんが途絶えた。と言っても、写真が飾られているのが目立つのか、ブースの前に立ち止まる人はちょいちょいいる。

やっぱり、知り合い以外はなかなか買ってくれないものなんだな、と思う。大輔さんはそれでもあまりがっかりした様子もない。わたしも立ち止まった人には臆さずフリーペーパーを渡し、話しかけるように心がけた。


「ああ、やっと見つかった。一葉ちゃん、大輔くん、久しぶり」

開場して二時間くらい経ったころ、聞き覚えのある声がして、見ると睡月さんがブースの前に立っていた。

「ああっ、睡月さん」

びっくりして声が出た。となりには航人さんと蒼子さんもいる。

俳人の睡月さんは祖母より年上で、もう九十を超えているはずだが、相変わらず元気だなあ、と思う。

「睡月さんがどうしても行きたいって言うから、いっしょに来たんですよ」

横から航人さんが言った。

「このイベントがえらく活況だって、新聞にも大きく載ってたんだよ。俳句の後輩たちもブースを出してるし、前々から見にいきたいと思ってたんだけど、なんだか大輔くんもブースを出すって言うし、航人さんに訊いたら、ひとつばたごも出るって話があるみたいだし。これは乗り遅れるわけにはいかないと思って」

睡月さんがふぁふぁふぁふぁっと笑う。

「噂には聞いてましたけど、ほんとにすごいですね。出版不況って言われて、本屋さんも減っている状況なのに、本が好きな人はまだこんなにいたんですね」

蒼子さんも驚いたように言った。

「書店で売ってる本とはまたちょっとちがうからねえ。自分たちが作りたくて作ってる本ばかりだし、作った本人と話もできる。それはお客さんも作り手も楽しいに決まってるよ」

睡月さんが笑った。

「それで、大輔くんの雑誌は連句じゃなくて、坂道と写真の雑誌なんだって？」

睡月さんが机の上をぎょろっと見る。

「そうなんです。前から坂道の写真を撮るのが好きで……」

「ええっ、これも大輔くんが撮ったのか？」

睡月さんが父の写真に目をとめた。

「いえ、それはちがうんです。一葉さんのお父さんが撮ったもので……。大学時代写真部で、フィルムカメラで撮ったものを自分で現像していたそうなんです。それは今回、そのころのカメラを使って、撮ったもので……」

「なるほど、銀塩《ぎんえん》写真か。なつかしいねえ」

睡月さんはじっと目を細めて父の写真を見た。

「『坂道ノート』には、一葉さんのお父さんがむかし撮った写真も収録してあるんです。根津谷中近辺の坂を撮ったもので、むかしの白黒の写真と、僕が撮った現在の写真をならべて掲載していて……」

大輔さんは「坂道ノート」のページをめくりながら、睡月さんに説明した。

「へええ、これは気が利《き》いてるね。なかなかおもしろい」

感心したように言って、雑誌のページをめくった。

「うん、気に入ったよ。一冊買おう」

睡月さんはカバンから財布を取り出し、大輔さんにお札を手渡した。

「あ、ありがとうございます」

雑誌とフリーペーパーとお釣りを渡しながら、大輔さんがお辞儀する。

「そうか、大輔くんは坂がテーマなのか。そういえば、田端《たばた》も馬込《まごめ》も鎌倉《かまくら》も、文士村と呼ばれるようなところはどこも坂が多いね。神楽坂《かぐらざか》にしても、本郷《ほんごう》のあたりにしても。まあ、そもそも東京は意外と坂が多いからなあ」

財布と雑誌をカバンにしまい、睡月さんが言った。

「そうですね、僕も坂が好きなんですが、なぜなのかは自分でもわからなくて」

「それは、わからないからいいんじゃないのかな」

睡月さんが笑った。

「人間はわからないものに惹かれるものですからね」

航人さんがうなずく。

「そうそう、わかっちゃったらつまらないものだから。全部見えちゃうより、こう、ちらっちらっと見えたり見えなかったりする方が魅力的じゃないか。異性でもね、わからないところがある方が惹かれるもんだよ」

睡月さんがいつもの調子で言う。桂子さんがいたら、たしなめられる場面だ。

「自分のことでもそうですよね。惹かれるものがあっても、それがなぜかはたいていわからない。自分のなかにも見えない部分があるというか」

航人さんが言った。

「そうだねえ。人は死ぬまで自分のこともわからないんだよねえ。まあ、だから生きていられるのかもしれないけどね」

睡月さんがひんやりと笑った。

「そういう『わからないけど惹かれる』っていう気持ちは大切だと思うよ。なんに対してでもね。一葉ちゃんも、大輔くんにそういうところがあるからいいと思ったんでしょう？」

睡月さんにそう言われ、えっ、と思った。

「いえいえ、睡月さん、それはちょっと勘違いで……」

大輔さんがあわてて言った。

「そうそう、別におふたりは付き合っているわけではなくて、一葉さんはお父さんが写真好きだったことから雑誌作りの手伝いをすることになったみたいですよ。一葉さんはイラストが得意で、雑誌にもいくつか寄せてるとか」

蒼子さんがこちらを見て、わたしもうなずいた。

「ああ、そういうことか。それはすまなかった。いかんいかん。どうもそういう発想になって」

睡月さんが申し訳なさそうに言った。

「あの、わたしも二冊買います。自分の分と、桂子さんからも頼まれているので」

蒼子さんが話を切るように言って、財布を取り出す。

「あ、僕も一冊」

航人さんも財布を出した。ふたりに雑誌とフリーペーパーを渡す。

「ふたりともがんばってくださいね。僕たちはもう少し会場を見ていきます」

航人さんが微笑みながらそう言って、三人は歩いていった。

5

それから、きりん座の前半のシフトが終わった翼さんと征斗さんがやってきたり、蛍さんが優さんを連れてやってきたり、悟さんや直也さんも立ち寄ってくれた。悟さんは短歌関係の知り合いのブースの様子を見にきたそうで、カルチャーセンターの運営の仕事をしている直也さんは、自分が担当する講師の方のブースをまわっているらしい。

SNSで返信してくれた人もやってきて、「駅の記憶」の人も休憩時間に来てくれた。自分も坂が好きなんです、と言って、見知らぬ人が買ってくれたりもした。すごく売れているというわけではないが、お客さんはけっこう頻繁にやってきて、それなりに忙しく過ごした。

わたしたちも交代でお昼休憩を取った。わたしは持ってきたパンで簡単に昼食を済ませ、優さんのブースやきりん座をまわったあと、大急ぎで泰子さんから頼まれた本を買い集めた。

泰子さんのリストにはさまざまなジャンルがはいっているため、広い場内を駆けまわらなければならず、休憩のはずがむしろへとへとになった。

ブースに戻り、大輔さんと交代する。ひとりで店番していると、母がやってきた。

「なんだかお父さんも一葉も盛りあがってるから気になって来てみたの。すごい盛況なんだね。会場も広いし、びっくりした。それに、おもしろそうなものがいろいろあって、ちょっと買っちゃった」

母はぱんぱんになったエコバッグを開いて見せる。ちょっとという量じゃない。雑誌がたくさんはいっていて、ほとんどがマンガ関係のノンフィクションだった。母はむかしマンガ好きだったんだっけ、と思い出した。

「お父さんもいっしょに来たんだけどね、むかしの友だちと待ち合わせしてるとかで、駅前で別れたんだ。あとで来ると思うよ」

母は「坂道ノート」を一冊買い、ブースを去っていった。その後しばらくひとりで店番していたが、立ち止まって見てくれる人もぼちぼちいて、飾ってある写真を見ながら、これは売ってないんですか、と訊かれることもあった。

大輔さんが帰ってくるとすぐ、大輔さんの大学時代の写真部の友だちが数人やってきた。雑誌を一冊ずつ買い、飾られている父の写真にも関心を持ったみたいだった。大輔さんがフィルムカメラで撮って印画紙で現像したものだと説明すると、興味深げにしげしげと見ていた。

雑誌は最初に出した束がだいぶ減っている。写真部の人たちが去ったあと、段ボール箱をあけて机の上に補充した。知り合いがメインだとはいえ、二十冊以上売れているようで、大輔さんははじめてにしては上出来、とうれしそうだった。

「やっと見つかったあ」

段ボール箱の中身を確認していたとき、上から父の声がした。

立ちあがって見ると、父の横に父と同年代の人が数人立っている。

「みんな大学時代の写真部のメンバーだよ。もうほとんど連絡を取ってなかったんだけど、むかし作って放置されてたメーリングリストがなぜか奇跡的に生きててね……。そこに投げたら、何通か、おもしろそうだから行くよって返信が来て」

父が笑った。

「いや、あのメーリスからメールが届いたときはちょっと驚いたよ」

父のとなりにいた男性が笑って父を見た。

「えーと、これがうちの娘で……。写真にはまったく興味がないが、イラストを描いてるんだ。連句っていう、俳句のような短歌のようなものも作ってて……」

父がわたしを指す。

「こんにちは。娘の一葉です」

そう言って、頭を下げた。写真部の人たちが次々と名乗る。大学時代父と同学年の人のほか、一年先輩と一年後輩が交ざっていた。みんないまは写真とは関係のない仕事についているようだが、趣味で続けている人もいるみたいだった。

「で、なになに、これが最近の豊田《とよだ》の写真？　へえ、まあ、そこそこじゃない？」

うしろの男性が身を乗り出し、メガネをかけ外ししながらじっと見つめる。

「ピントが甘い気がするけど……。あと、黒がちょっとね」

そう言って、ふふふっと笑う。

「うわあ、堀田《ほった》先輩は相変わらずですねえ」

父が困ったような顔になる。

「いやいや、でも、久しぶりに撮ってこれなら立派なものだと思うよ。坂っていうのもいいね。そういえば豊田は大学時代もよくこういう写真撮ってたねえ」

「そうなんです。メールにも書いたんですが、今回はこちらの城崎さんが……」

父が大輔さんを指して言った。

「城崎さんは一葉の連句の友人なんですが、写真も撮ってて。今回、坂の写真を載せた雑誌を作るって話で、わたしのところにも声がかかったんですよ。むかしの坂の写真と、いま彼が撮った同じ坂の写真をならべるって趣向で……」

「ああ、そんなことが書いてあったねえ」

「これがその雑誌ですか。ちょっとなかを見せてもらってもいいですか」

「ええ、もちろんです。どうぞ」

大輔さんが答えると、みんなそれぞれ雑誌を手に取って、ページをめくった。

「おお、すごい。いいじゃないですか。豊田先輩の写真、いまの写真に全然負けてないですよ」

「へえ。いま見るとなかなかいいもんだな」

「しかし、こうやってならべて見ると、時の流れを感じるね。俺たちも年取ったよなあ」

「あ、豊田、エッセイまで書いてるじゃないか」

みんなが口々に言って、父は照れている。

「じゃあ、買います」

「わたしも」

「ありがとうございます」

大輔さんが頭を下げる。

「わたしは五冊買います。実は最近、また写真をはじめようと思ってスクールに通うことにしたんですよ、そこの友人に配ろうと思って」

さっきの堀田さんという先輩が言った。

「え、スクールに？」

父が堀田さんに訊く。

「そうなんだよ。もう一度写真を撮りたいと思ったんだけど、デジタルでやる気にはなれなくてね。と言って、いまから自宅に暗室を作るのもちょっとむずかしいし。それでネットで調べたら、そういう教室があったんだよ。レンタル暗室があって、そこを借りて現像もできる」

「へえ、そんな場所が……」

「会費はちょっとかかるんだけどさ。暗室作業ができるなら安いもんだと思って」

堀田さんがにこにこ笑った。

「いいですねえ。うらやましい。実は今回、こうやって写真を飾るって話になって、業者に現像してもらったんですけど、どうも納得がいかなくて。自分で現像できたら、と思ってたんで」

「そうか、まあ、レンタル暗室は紹介があればスポット利用もできるはずだから。今度訊いてみようか」

「ほんとですか。ぜひお願いします」

父はうれしそうにそう言った。

「そしたらさ、写真も飾るだけじゃなくて販売したらいいんじゃないか。印刷じゃ出ないところもあるし、印画紙ならではの良さもあるわけだから」

「これは文芸のイベントだから、写真を売るわけにはいかないですよ。それに、名のある写真家ならともかく、無名の素人の写真ですよ。だれも買わないでしょう」

父がぶるぶると手を振って、そう答えた。

「でも、さっきお客さんから『写真は売ってないんですか』って訊かれたよ」

わたしが言うと、父は、嘘だろ、という顔になった。

「まあ、文芸マーケットは、文芸といっても縛りがゆるやかで、文芸に関するものなら販売OKってことになってますから。本の形になっている必要もないですし。気になるなら、写真と文章をセットにすればいいんじゃないかと」

大輔さんも言った。

「売れるかどうかは価格にもよるだろうけどね。いまの若い人はオリジナルプリントを見たことのない人も多いだろうし、そもそもフィルムとか現像とかを知らないだろうから、逆に興味を持ってくれるかもしれないよ。わたしも作品が溜まったら、ここで販売してみようかなあ」

堀田さんが宙を見あげる。

「文章、つけられるんですか？」

父の一年下の桜井《さくらい》さんという人が笑って訊いた。

「うーん、たしかに。まあ、そこはなんか考えるよ」

堀田さんは、ははは、と笑った。

堀田さんが五冊買ってくれたおかげで、一気に十冊以上売れた。父たちが帰ったあとはもう四時を過ぎていて、そこからはほとんどお客さんは来なかった。まわりにはすでに撤収にはいっているブースもある。

わたしたちは閉会時間まで営業を続けた。最後にひとり、午前中にフリーペーパーをもらって読んでみたらおもしろそうだったから、と言って、駆けこみで買ってくれた人もいた。フリーペーパーもそれなりに役立ったみたいで、ほっとした。

6

翌週の土曜は連句会だった。定番のお菓子、「銀座《ぎんざ》清月堂《せいげつどう》」の「おとし文《ぶみ》」を持って会場の大田文化の森に向かった。今回は常連は全員出席で、航人さん、桂子さん、蒼子さん、直也さん、悟さん、鈴代さん、陽一さん、萌さん、蛍さん。

結局、桂子さん以外はみな文芸マーケットに来場していた。桂子さんはお孫さん関係の行事で来られなかったのだが、それだったら次回はわたしも行ってみたいわ、と言っていた。

「さあ、じゃあ、連句をはじめましょうか。今回からは発句が冬になりますよ」

航人さんが言った。

「もう冬なんですね。一年経つのが早くて、振り落とされちゃいそう」

鈴代さんが少し笑った。

いつものように短冊に句を書き、航人さんに出す。出された句のなかから航人さんが付句《つけく》を選ぶ。常連ばかりということもあって、説明もあまりなく、スムーズに淡々と句が付いていく。

今回は発句が冬なので、発句脇だけが冬で、第三は季節のない雑になった。四句目も雑で、五句目は月で、秋に変わった。

裏にはいっておやつタイムになると、みんなが「坂道ノート」のことに触れて、父のエッセイがすごく良かった、と言ってくれた。

「前に一葉さんのエッセイを読んだときから、お父さんがどんな人なのか気になってたのよね。でも考えたら、治子《はるこ》さんの息子さんで一葉さんのお父さんだもんね」

蒼子さんが言った。

「そうですねえ、大学時代の先輩の話には痺《しび》れました。エッセイというより、もうっても詩を続けたいと思ってます、と答えていた。

それから「アカシア」に掲載されていた蛍さんの詩のことも話した。蛍さんの感性が発揮されていて、すごく良かったよね、と言い合い、蛍さんは、働くようにな

直也さんと悟さんがしみじみと言う。

「ほんとにかっこよかったですねえ」

小説の世界だな、と思って」

おやつが終わると、すぐに恋の座。恋の句が続き、やがて月、花と連なっていく。

ひとつばたごに来るようになって二年半以上が過ぎ、この流れにもすっかり慣れた。わたしにとって、ここに来ることが毎月の節目になっている。今月は文芸マーケットという大きなお祭りもあったし、気持ちが高揚する日々が続いていた。父の知らない部分を知ることもできたし、雑誌を作ることの楽しさにも触れた。

考えてみると、ひとつばたごに来るようになってからずっと、古いこととあたらしいことの両方に出合っている気がする。古いことが、あたらしいことを呼んでくる。古いことからあたらしいことが生まれる。

月に一度の連句会がその真ん中にあって、この場に座って句に向き合うことで、その月にあったあれこれの意味を考えている。この時間が自分にとって大切なんだ

と思う。これがなかったら日々の出来事に流され、自分がどこにいてどこに向かっているのかわからなくなってしまうかもしれない。

古いこともあたらしいことも、どちらもわたしにとって「知らないこと」。

――人間はわからないものに惹かれるものですからね。

文芸マーケットのときの航人さんの言葉を思い出した。

――人は死ぬまで自分のこともわからないんだよねえ。まあ、だから生きていられるのかもしれないけどね。

睡月さんのひんやりした声も頭をよぎった。

子どものころは、大人になったらなんでもわかると思っていた。でも全然そんなことはない。わからないものがたくさんある、ということがわかっただけ。世界はわからないことでできていて、わたしたちはそのなかを歩いていく。

連句はみんなで巻くものだけど、句を考えるときはひとりだ。ひとりの時間があって、みんなで句を出して、ほかの人の心のうちに触れる。ひとりひとりがみんなちがうのだ、ということを知り、でも奇跡のように響き合ったりもする。

人と人がわかりあうことはむずかしい。でもたまにこうして響き合う。連句はそういう奇跡のような瞬間をつなげていくものなのかもしれない。

「じゃあ、こちらにしましょう。『カバンには情熱だけを詰めこんで』。これはどなたですか」

航人さんの声がした。はい、と陽一さんが手をあげる。蛍さんの作った夏の月の次に、直也さんの夜行列車を詠んだ七七が付いたあとのことだった。

カバンには情熱だけを詰めこんで。ホワイトボードに書かれた句を見て、すぐに文芸マーケットのことを思い出した。短冊を手に取り、「本の市場に集う人々」と書きつけ、航人さんの前に出す。

「この前の文芸マーケットのことですね。ここはこちらにしましょう」

航人さんがそう言って、蒼子さんに短冊を渡す。

「今日はどこかに文芸マーケットのことを入れようと思ってたのに、先を越されちゃいました」

鈴代さんが言った。

「ほんとに、あの会場はまさにこんな感じでしたね。情熱が詰まっていた。冬星さんはよく言ってたんです。俳諧《はいかい》は町人文化だった。江戸時代には町のあちこちで町人が俳諧連歌《れんが》を楽しんでいた。いまも短歌や俳句を楽しむ人がたくさんいるんだから、連句ももっと流行《はや》っても良いと思う、って」

航人さんが言う。

「そうですね、人間っていうのは言葉で遊ぶのが好きなんでしょうね。ＳＮＳが流行ったのもそういうことだと思いますし」

直也さんがうなずく。

「でもいまはSNSもあるし、ああやってだれでも自分の本を作れる時代になったんですね。連句なんてなくても、みんなが言葉で楽しんでいる。それがなんだかまぶしかったです」

航人さんが笑った。

「航人さん、なに言ってるの。そういういまだからこそ、連句の楽しさを人に伝えないと。こんな遊びがあるんだぞ、って。ここにしかない良さもあるんだから」

桂子さんが諭《さと》すように言う。

「そうですね、僕も連句の場だから思いつくこともあって。この楽しさがなんなのか、いまもよくわからないんですけど」

陽一さんの言葉で、航人さんの「人間はわからないものに惹かれる」という言葉を思い出した。

「ルールがあるから、より広い可能性が開かれていると思うんですよね。好きなように語っていると、結局堂々めぐりになっちゃうことが多くて」

萌さんが言った。

「そうよぉ。だから、雑誌も作るんでしょ。ねえ」

桂子さんが見まわすと、みなゆっくりとうなずいた。

「次はね、こんな句はどうですか」

桂子さんが、航人さんの前に短冊を出す。航人さんが、ほうっと目を細めた。

「いいですね。花だから皆さんの句を待ちたいところだけど、今回はこれで行こうかな。『花朧《はなおぼろ》 若かりし日の父に会う』」

航人さんが句を読み上げる。はっとした。

「それ、『坂道ノート』に載ってた、一葉さんのお父さんのエッセイのことですか」

蛍さんが訊いた。

「そうそう。蒼子さんからいただいてすぐに読んだの。ほんとにいいエッセイだったわよねえ」

桂子さんが微笑む。

「花朧というのがまたいいですね。おぼろにかすんだ桜の向こうに若いころの父がいる。素敵な句だと思います」

蒼子さんが言うと、みんなもそうですね、と答えた。

「『本の市場』は文芸マーケットとも取れるけど、古本市のようにも読めますしね。本を売る市場と若いころの父の相性がすごくいい。こちらにしましょう」

航人さんが蒼子さんに短冊を渡す。

ひとつばたごにいてよかった。蒼子さんがホワイトボードに句を書くのをながめながらそう思った。自分でもわからない自分の心に、外からふいに光が当たる。連句にはそういう力があるような気がした。

カバンには情熱だけを詰めこんで　陽一
　本の市場に集う人々　一葉
花朧若かりし日の父に会う　桂子

レゾンデートル

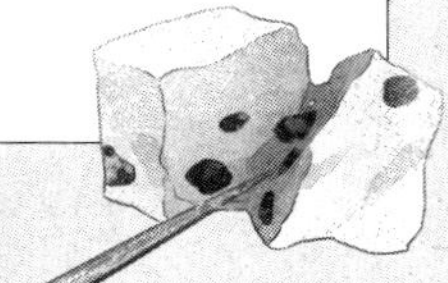

1

十一月の文芸マーケットが終わったあと、「あずきブックス」では一月の同人誌フェアの準備がはじまった。泰子さんに頼まれて買ってきたあらたなサークルの雑誌の中身を見て、フェアのラインナップを決める。

大輔さんの「坂道ノート」や優さんの「アカシア」もフェアにならぶことになった。優さんは前回の「きりん座」のイベントを見て関心を持ったようで、「アカシア」主催でトークイベントができないか、と問い合わせてきた。

泰子さんと相談したところ、それならぜひ、という話になり、一度打ち合わせに来てもらうことになった。

次の週の金曜日、優さんがあずきブックスにやってきた。蛍さんもいっしょだ。カフェでお茶を飲みながら、泰子さんが決めた利用料や、会場の使用方法、告知の方法などを提示した。

「なるほど。十五人くらい集客があればとんとんになる感じですね」

　優さんがうなずく。

「告知についてはあずきブックスでも協力します。チラシなどがあればカフェと書店に置きますし、あずきブックスのアカウントからも告知を発信します」

　わたしは答えた。

「まあ、集客はなんとかなるでしょう。登壇者が持ちこんだものを販売してもいいんですよね」

　優さんが訊いてくる。

「はい、大丈夫です。販売スペースの料金も場所代に含まれていますから、販売をそちらでしていただけるなら、手数料などはかかりません。当日は受付も主催者側でしていただくことになります。ですから、売り子のほかに受付のスタッフも必要になります」

「じゃあ、それはアカシアのメンバーに声をかけて頼んでみます。だれかやってくれるでしょう。だれもいなければわたしがやればいいことだし」

　優さんの口調は鷹揚《おうよう》で、イベント運営には慣れているように見えた。

「カフェスペースはそんなに広くないですし、椅子の数にもかぎりがありますので、来場者数には上限があります。それを超えての入場はできないので、予約を取るとか、あらかじめチケットを販売した方が安全です。あずきブックスのイベントでも、この前のきりん座のイベントでも、アプリを使ってチケットの事前販売をしています」

「ああ、あれね。わたしも予約しましたから、知ってます。便利なアプリですよね。主催者側になるのははじめてだけど、あれで予約ページを作ればいいんですね」

「設定がいろいろあるって聞きましたけど、大丈夫ですか？」

蛍さんが心配そうな顔で優さんを見る。

「大丈夫、大丈夫。実はあのサイト、清海《きよみ》もよく使ってるんですよ」

優さんが答える。清海さんとは優さんの奥さんで、以前優さんの家に行ったときに会ったことがある。草木染めの染織家で、自分の制作とともに美術系の大学で染織を教えているらしい。

「自分の織物関係のワークショップの予約用にね。ふだんの大学の講義とは別に、ほかから頼まれて単発のワークショップを開催することがあるんです。そういうとき、あのアプリを使って自分で予約用のページを作ってるんですよ。だからわからないことがあれば清海に訊きます」

「じゃあ、予約関係はそちらで大丈夫ですね。こちらからも拡散に協力しますので、告知が出たときに教えていただければ……」

「わかりました。それで、肝心の内容なんですが……」

優さんが軽く咳払いする。

「アカシアは饒舌《じょうぜつ》に自作について語る人が少なくてね。この前のきりん座のイベントみたいにはいかないと思うんですよ。それで、朗読をしようかと思ってるんですが、それは大丈夫ですか？」

優さんが言った。

「朗読……？」

「ええ、自作の朗読です。詩のイベントではわりとよくあるんですよ。詩って言葉が凝縮されているでしょう？　なんていうのかな、小説みたいに文章の方がサービスして、読者を引きこんでくれるって感じじゃなくて、言葉がそこに超然と浮かんでいるみたいな……」

言葉が……そこに……超然と浮かんでいる……？

もうその言葉からすでに超然としていて、よくわからない。だが、以前読んだ優さんの詩や、「アカシア」に載っていた詩を思い出して、なんとなく言わんとすることはわかる気がした。

「わたしのまわりの人にも『アカシア』を読んでもらったんですが、わたしのはちょっとわかるけど、ほかはよくわからない、って言われてしまって……。詩はわかりにくいもの、と思われている気がします」

蛍さんが言った。

「わたしたちの世代の詩はやや難解ですからね。読もうとするとどんどん遠ざかっていくようなところがある。作り手の側からすると、ある種の誠実さを持って言葉に接した結果そうなってしまっているんですが、そういう感覚自体がなかなか外の人には理解されない」

優さんが苦笑する。

「実はわたしもそうだったんです。でも、一度朗読を聴いたらその印象ががらっと変わって……」

蛍さんが身を乗り出す。

「すごかったんです。その人のなまの部分がうわあっと伝わってくる感じがして。目で読むときとは全然ちがって、胸の奥に言葉がはいってきて、その波が身体のなかで暴れまわっている感じで。こんなに共感したことはない、って感じました」

蛍さんの熱っぽい口調に圧倒された。

波が身体のなかで暴れまわっている……。

表現がすでに詩だ、と思う。その体感をほんとうに理解できるのかと言われればあやしいけれど、気持ちはじゅうぶん伝わってきた。

「詩の朗読というのは、子ども向けの読み聞かせとか、小説の朗読とは少し質が異なるんですよ。小説でも、著者の自作朗読には少し似たところがあるかもしれませんが、読者にとって聞きやすく、わかりやすい朗読とはちがって、決してうまくはないんだけど、もっと……」

優さんは言葉に迷い、宙を見あげた。

「作者の世界がにじみ出るような感じですよね」

横から蛍さんが言った。

「詩人の場合、自分の人間性を作品の前面に押し出すタイプの人もいるけど、そうでない人も多いんですよ。もっと繊細に言葉の本質に迫ろうとする、というか。だから『作者の世界』というのともちょっとちがうような気もしますね。言葉に近づいていくというか……」

言葉に近づいていく……。なんだかますますむずかしくなってくる。が、伝わってくるものはある。

「声の力なんでしょうかね。その人のなかに言葉がある。最初は外からやってくるものだけど、きっと体内で育つんですね。それが朗読のとき、その人の喉を通してあふれ出してくる」

言葉が外からやってきて、体内で育つ。不思議な言いまわしだが、連句と通じるところもある気がした。

「わかります！　わたしもそう感じました。朗読を聞いていると、自分の身体もふるえるっていうか……」

蛍さんが何度もうなずいた。

「テキストを重視する詩人というのも一定数いて、そういう人たちは朗読のエモーショナルなところに対して否定的なんですよ。朗読して聴衆と共振することで、本来の言葉の精度が落ちてしまう、と言うんですよね。まあ、言いたいことはわからなくもない」

わからない。意味だけ考えたら。でも、なぜかうなずいていた。

「そういう詩人は文字を優位と考えているんでしょうね。声はふるえるけど、文字はふるえない。文字は保存し、積みあげられるけど、声は保存できない。文字のそういう堅固《けんご》さに意味を見出している。わたしも理解できるんですよ。でも、まあ、わたしはもともと、詩というのは音でできたものだと思っているので……」

優さんはそこで言葉を止め、少し考えている。

「要するに、わたしは変わってもいいと思ってるんです。声に出し、人が聞くことで揺らいでもいい。詩というのはそういううつろう波みたいなもの、人の心と似たようなものだと言いますか」

そこまで言うと、少し笑った。

「抽象的な話になってしまってすみません。頭でっかちな詩人はこれだからいけない。清海にもよく言われるんですよ、あなたの話ははんぺんみたいだ、って」

「はんぺん？」

思わず声が出た。

「雲みたいにふわふわしてて、骨も皮も筋もなくて、なにを食べているのかよくわからなくなるんだそうです」

優さんが笑う。蛍さんもわたしもつられて笑ってしまった。

「先生の詩も素敵じゃないですか。たしかに難解なところもありますけど、伝わってくるものがあります。とくに朗読になると。先生の朗読、すごくかっこいいんですよ。いえ、ふだんもかっこいいんですけど、朗読のときはいつもとはまたちょっとちがう雰囲気で……」

蛍さんは両方のこぶしをかため、目をきらきら輝かせながらわたしに訴えかけた。

「まあ、安心してください。アカシアのメンバーでこういうことを話すのはわたしくらいですから」

「アカシアのメンバーは皆さん大人なので、作品も落ち着いていて、深みがあるんです。言葉は平易な方が多くて、だからさらっと読んでしまうんですが、声になるとその深みが際立って、しずかな迫力があるんですよねぇ」

蛍さんが思い出すように目を細める。

「朗読、どうですか？　大丈夫でしょうか」

優さんが訊いてくる。

「朗読というのははじめての企画なので、店長に聞いてみないとわからないところもありますが、スタイルとしてはトークイベントと似た感じでしょうか？　たとえばあずきブックスは完全に防音できるわけではないので、大きな音がはいるのはご遠慮いただいてます。近隣のことがありますし」

「ああ、なるほど、そうですよね。世の中には『絶叫詩人』と呼ばれる人や、ライブに近い感じの朗読をする人もいますけど、アカシアにはいないですよ。BGMもまずいですか？」

「カフェスペースでも夕方はBGMを流しているので、いま流れているこの程度の音量なら問題ないです。大きな音の出る楽器を持ちこまれるとなるとまた変わってきますが」

「大きな音を出す人はいないと思いますよ。ただ、そうですね、トークイベントとはちょっと雰囲気がちがうと思います。聴く側にも集中が必要だったり。集中というか、没入ですね。ひとり芝居みたいな雰囲気の人もいますし」

「演劇のような凝った照明はできないですが、大丈夫ですか？　基本的には、店内の天井の照明をつけたり消したりする程度で、道に面した側がガラス張りですから、真っ暗にすることはできないですし」

「それはなんとでもなると思います。みんな、条件がわかれば、そのなかでなんとかすると思いますから」

泰子さんの意向を訊かないと答えられないところもあり、タイミングを見計らってレジにいる泰子さんに意見を訊いた。

「へえ、朗読？　おもしろそうじゃない？　わたしもちょっと興味あるなあ。できることとできないことの線引きはしないといけないけれど、トークイベントとはまたちがった雰囲気で楽しそうだし、いいと思うよ」

泰子さんは笑ってそう言った。優さんと蛍さんにＯＫが出たことを伝えた。

「よかった。じゃあ、メンバーやプログラムを考えてあとで送りますね」

優さんがほっとしたように微笑む。

「こちらも会場の利用方法やルールをあとでまとめて送ります」

そう答えた。

2

店が終わったあと、泰子さんと相談し、今後のことも考えて、会場利用のルールを書面でまとめることになった。会場の図面や備品の一覧も作った方がいいね、と言われ、いったんわたしが案を作成し、泰子さんにチェックしてもらうと決めた。

「でも、朗読っていうのはいいかもしれないね」

老眼鏡を外しながら、泰子さんが言った。

「今回は詩人の自作朗読っていうちょっとアートっぽい企画だけど、ほかにもいろいろできそうじゃない？　朗読の専門家に小説の朗読をしてもらうっていうのもありだと思うし」

「そうですね、たしかに」

「最近はオーディブルっていうのもあるじゃない？　小説を耳から読むっていう人も増えてるんじゃないかな。ほら、わたしたちの年になると老眼がね。老眼鏡の度も進んで、長時間本を読むのがだんだん厳しくなってきたって、わたしくらいの年の友だちはみんな言ってるから」

泰子さんはもともと視力がよく、遠くはまだまだよく見えるらしい。手元を見るときだけ老眼鏡をかける。本を読んだりパソコンを操作したりするときだけでなく、書類にサインしたり鍵穴に鍵を入れるときも眼鏡をかけないと見えないそうで、いつも首から老眼鏡をさげている。

「わたしは紙の本を目で読むのに慣れてるからね。その方がずっと早く読めるし。でも、肉声の朗読っていうのはけっこう記憶に残ってるし……」

　泰子さんが思い出したように言った。

「聞いたことがあるんですか？」

「あるよ。知り合いが朗読の勉強をしてて、その先生の朗読会に誘われたことがあって。夏場で怪談だったんだけど、文字で読むのとはまたちがう味わいがあって、すごくよかった」

「演出はあったんですか？」

「ううん、会場を暗くしてただけ。朗読者に照明が当たってたけど、そのくらいで、BGMもとくになかったよ。でもそれがかえってよかったのかも」

　その方が人の声が際立って良いのかもしれない、と思う。

「子ども向けの読み聞かせはよくあるけど、大人も楽しめるような気がするよ。あずきブックス主催でそういうイベントをやってみてもいいかもね。まあ、それはおいおい考えるとして。まずはアカシアの朗読会をしっかりやらないとね」

「そうですね。ルールや備品は早めにまとめるようにします」

本を楽しむのにもいろいろなやり方がある。せっかくカフェが併設されているんだから、良い形で活用していくことを考えなければ、と思った。


日曜日、大輔さんがあずきブックスにやってきた。来月の同人誌フェアのための「坂道ノート」の納品と、父と打ち合わせをするためだ。「きりん座」の方は、後日茜さんが納品に来ると言っていた。

カフェで雑誌と納品書を確認したあと、次回のフェアの最中にアカシアがイベントをすることを話した。

「トークイベントっていうより、朗読がメインみたいなんですけど」

「へえ、朗読……。詩のイベントは朗読することも多いみたいですね」

「短歌はしないんですか？」

「する人はいるみたいですけど、僕は行ったことがないんです。詩の朗読も行ったことないですけど、茜さんや翼さんから聞いたことがあります。詩の朗読は独特で、すごく引きこまれるって」

大輔さんが答えた。

「そうなんですね」

「優さんや蛍さんも朗読するってことですか？」

「優さんはすると思います。打ち合わせのとき、蛍さんが優さんの朗読はすごくかっこいい、って言ってましたから」

「優さんは素敵な方ですからね。この前のイベントのあと、茜さんたちも何度も、あんな先生に教わりたい、って言ってましたよ」

大輔さんが笑う。そういえば前回のきりん座のイベントのあと、優さんは茜さんたちと話しこんでいた。

「優さんは、詩もかっこいいんですよ。わたしは若いころの詩集をちょっと読んだだけですけど、自分とは異次元の存在だって思いました」

わたしも笑った。

「でも、蛍さんはどうなんでしょうね。打ち合わせでは蛍さんの朗読の話は出ませんでした。詩を書きはじめたのは少し前で、雑誌に発表したのは今回の『アカシア』がはじめてのはずですから、これまでに朗読した経験はないと思うんですが……」

「じゃあ、もし朗読するとしたら今回がはじめてってことですね」

「そうだと思います」

あずきブックスは小さな会場だし、お客さんがそこまでたくさんいるわけじゃないけど、人前で自分の作品を朗読するということだ。最初のトークイベントで司会をしたときのことを思い出す。司会だけでもじゅうぶん緊張した。自分の作品を朗読するなんて……。

「わたしにはとてもできそうにないですけど、蛍さんなら……できる気がします」

「そうですね。蛍さんはなんていうか……」

大輔さんが考えこむような表情になる。

「若いけど、もう、ひとりの表現者、っていうか……」

大輔さんのその言葉に、思わず身を乗り出し、大きくうなずいた。

「そうなんです。実はわたしもまったく同じことを感じてて……。年齢とは関係なく、表現者としか言いようがないんですけど」

「なんとなくわかりますよ。自分のなかに軸があって、外からの要請では揺らがないというか」

自分のなかに軸があって揺らがない。就職活動がうまくいかない、と悩んでいた蛍さんのことを思い出した。

「きりん座は表現者タイプが多いですからね。とくに初期の四人は……」

「たしかにそうですね」

茜さん、翼さん、一宏さん、久輝さん。みな揺らがない軸を持っている。

「表現者タイプの人は人一倍繊細ですから、なにかで身を守らないといけないんだと思います。たとえば翼さんは自分を完全に出さないんですよ。出しているように見せて、それは計算されたものっていうか。茜さんも一宏さんもそれぞれのやり方で周囲と距離を取ってる気がしますね。七実さんや征斗は僕と同じで、もっとふつうの感覚で生きている気がしますが」

久輝さん、未加里さんへの言及はない。久輝さんと未加里さんのあいだのトラブルの話をちらっと思い出した。

「ごめんごめん、待たせたね」

そのときカフェの入口から父がやってきた。わたしも休憩時間にはいっていたので、そのまましばらくふたりの話を聞いた。

次回の「坂道ノート」では大森《おおもり》近辺の坂を取りあげる予定だが、父の話では、前回の文芸マーケットにやってきたかつての写真部の後輩の中に大森出身の人がいるのだそうだ。結婚していまは別の区に住んでいるが、その人も家の周辺で写真を撮ったことがあるという話で、正月休みに古い写真を探してくれることになった。

さらに父は、あのときレンタル暗室の話をしていた堀田さんに頼んでスクールの見学に行くことになっているらしい。行ってみて良さそうだったら、次回の写真は自分で現像するかも、と話している。

すごい意欲である。大輔さんの迷惑になっていないか心配になったが、大輔さんは、もしそこで現像することになったら僕も同席したいです、と申し出ている。

「僕が現像しようとしたら一から学ばないといけないでしょう？　それはちょっと時間的にむずかしいですし、現像しているところを見学するだけでも勉強になるかな、と思いまして」

「それはかまわないよ。スクールのルールで大丈夫なら、ぜひ来てほしい。何枚か試してもらえたらいいな。現像というものをぜひ体験してもらいたいんだ」

「現像を体験したら、そのことも文章にしたいですね。真っ暗だからなかの写真は撮れないと思いますけど、雑誌のなかで紹介できれば……」

「現像体験記か。それはいいね。はじめての人がどう感じるか知りたいし。でも、暗室作業なんてもう何十年もしてないから、ちゃんとできるかな。城崎さんが来る前に何度か練習しておかないといけないな」

父はうれしそうに笑った。そのあたりで休憩時間が終わり、わたしは書店の方に戻ったが、ふたりはその後もしばらく話しこんでいた。

3

数日後、茜さんが「きりん座」の納品のためにあずきブックスにやってきた。カフェで品物を確認したあとアカシアのイベントの話をすると、日程が決まったら教えてほしい、と言われた。

「優さんの朗読を聴いてみたいです。きりん座のイベントの二次会で、短歌と詩のちがいをいろいろ話して、勉強になりました。たぶん、翼さんも興味を持つと思うから、誘ってみます」

茜さんが言った。

「あのイベントのあと、蛍さんと話しましたか?」

前に蛍さんが話していた、優さんが久輝さんをアカシアに誘いたがっているという件が気になって、そう訊いた。

「いえ、わたしは。翼さんは一度話した、って言ってました。もしかして、久輝さんと未加里さんのこと、一葉さんも聞きました?」

「え、ええ」

茜さんに言われ、うなずく。わたしがいま訊こうと思ったのはその件ではないが、そちらも気になっていた。

「未加里さんとは会ったことがないんですが、きりん座をやめてしまったとか」

「そうなんです。一方的にやめるという連絡があって、こちらから事情を訊くメールを送ったんですけど、返事がない状態で」

蛍さんから聞いていた通りだった。

「と言っても、きりん座には会費や会則があるわけじゃないですし、雑誌製作も編集は翼さんとわたし、デザインは一宏さんと七実さんで、未加里さんが担当しているものはなかったんです。だから本人がやめたいなら無理に引き留める気はありません。でも、なにがあったのか少し気になって……」

茜さんがため息をつく。

「未加里さんは久輝さんと付き合ってたんですが、トラブルが絶えなくて。翼さんは前からこのままだと未加里さんはきりん座をやめるだろうって言ってました」

「そうだったんですね」

「久輝さんは癖が強い人なので。きりん座以前にも付き合っていた女性が突然姿を消したことがあったんです。その人は短歌関係の人で、わたしは二、三度会っただけですけど、翼さんはけっこう親しくしていた人だったんです。それで、久輝さんにちょっと不信感があったみたいで」

以前からそうだったのか。

「翼さんは鋭いんです。敏感で、学生時代はなにかあるとすぐ顔に出てたんですけどね。社会人になってからは感情をあまり出さなくなりました。むかしからの付き合いなので、一宏さんやわたしはなんとなくわかるんですけど」

　茜さんはまたため息をついた。

「一宏さんもわたしも、翼さんに言われてちょっと気になってたんです。未加里さんは不安定なタイプで、人に依存しやすいんですよ。久輝さんは才能があって、人を惹きつける力がありますからね。未加里さんはすぐに心酔してしまったんです。それで、短歌を習うという名目で久輝さんについてまわって……」

「未加里さんの方が積極的だったんですね」

「そうですね。七実さんは現実的なタイプなので、未加里さんのことをとめようとしてたんですけど、未加里さんの方は気にもとめなくて。翼さんやわたしは、そういうことは横から口をはさんでもどうにもならないと思って距離を取っていたんです。それがよくなかったんですよね」

　茜さんが少しうつむいた。

「翼さんもわたしもほかの人の内側に踏みこむのが下手《へた》なんです。下手っていうか、怖いんですよね。きりん座がなんとかまとまっているのは、一宏さんと大輔さんが安定した性格だからで。彼らがいるから久輝さんもなんとかバランスを保ってるようなところがあります」

「征斗さんは？」

「彼は天然なんですよ。人柄がよくて、なにがあっても動じないし、彼がいると場がなごむんです。大輔さんは人を見る目がある人だから、それがわかっていて征斗さんをきりん座に連れてきたんだと思います」

「たしか未加里さんも大輔さんの後輩でしたよね？」

前に聞いた話を思い出して、そう訊いた。

「ええ。でも、写真部の部員ってわけじゃなくて。征斗さんと同じゼミにいて、征斗さんから連句の話を聞いて、おもしろそうだから、と言ってきりん座に来るようになったんです。大輔さんとはあまり接点はなかったんじゃないかな」

「そうなんですね」

「翼さんは、未加里さんは表現者に憧れるタイプだと言ってました」

「憧れる、っていうのは、表現者のそばにいたい、という意味ですか？　それとも自分が表現したい、ってことでしょうか？」

「まあ、そのふたつは厳密には分けられないですよね」

茜さんが苦笑いする。

「わたしたちもそうですけど、やっぱり名のある歌人や優さんみたいな詩人の話はおもしろくて、もっと聞きたくなる。そういう人のそばにいれば、自分もそうなれる気がする。そうやってこの年まで短歌を作り続けてる。自分の存在を確立したくて、第一歌集を出さないと、と思ってるけど、うまくいかなかったときのことを考えると怖くてなかなか踏み出せない。たぶん、一宏さんも翼さんも同じだと思います。この前のイベントで話を聞いていてそう思いました」

「茜さんがそんなことを考えてるなんて……。ちょっと意外です」

「どんなふうに思っていたんですか？」

茜さんがこちらを見る。

「いえ、茜さんと翼さんと一宏さんはすごく落ち着いて創作活動をしていると思ってました。生活や仕事のなかでバランスを取りながら創作していると言いますか。きりん座のほかのメンバーに対しても距離を取りつつ協力しあっていて……」

「うーん、それはないない」

茜さんが手を横に振って笑った。

「創作してる人で安定してる人なんてなかなかいないんじゃないでしょうか。翼さんも一宏さんもわたしもプライドが高くて、みんなおたがいにライバルだと思ってるし、ほかの人がいい歌を出してくると悔しくて眠れなくなったりしてます。みんな顔には出さないけど」

「それだけ真剣ってことですよね」

「真剣……。そうですね。でも、年齢とともにだんだん変わってきたところもありますよ。ふたりはわからないけど、わたしはね。わたしはもしかしたらこのまま歌集を出さずに終わるかも、って思ってますし」

「え、なぜですか？」

驚いて訊いた。

「きりん座で最初に連句をはじめたのはわたしで……。卯月《うづき》さんっていう先生の連句会に参加して、その場が心地よくて。卯月さんの会は年配の人が多くて、自分とは別のステージの人が多かったから楽だったのかもしれません」

「『ひとつばたご』とちょっと似てますね」

「ああ、そうかもしれないですね。きりん座のメンバーで連句を巻いたとき、卯月さんのところとはちがうけど、響き合うところもあってすごく刺激的で。だからずっと続けているんだけど、最近気力が続かない感じもしてて」

茜さんがため息をつく。

「若いころみたいに、自分が特別な存在になれるって信じられなくなってきてるのかもしれませんね。というより、特別じゃないといけない理由がわからなくなった。別にこのまま、きりん座でときどき集まって連句を巻いたり雑誌を作ったりしているだけでもじゅうぶんしあわせだな、って思うようになって」

茜さんが頬杖をつき、落ちてきた髪の毛でふわっと影ができる。

「翼さんは、いつか歌集を出すと思います。評価されるかどうかは関係なく、出すと決めてる。でも、わたしはわからない。一宏さんもどうするのかわかりません。一宏さんは付き合ってる人がいて、そろそろ結婚するかもとも言ってましたし」

「そうなんですか？」

「仕事で知り合った人なんですって。一宏さん、いつだったか、自分はデザイナーなんだと思う、って言ってたんですよね。自分のなかにあるものを表現するより、人の希望を叶える仕事が好きなのかもしれないって。その相手の人も編集者で、人生に対する考え方もよく似てるんだって」

　茜さんが遠くを見る。

「考え方が近いのはいいことですね」

「ええ。結局、いっしょに生活する上では、表面的に好きなものというより、人生に対する姿勢が似てるっていうのが大事な気がします。だから、一宏さんが歌集を出すとしたら、それはなにかになりたいっていう野心というよりは、ひとつのけじめみたいなものなんじゃないかと思うんですよ」

「それで短歌をやめてしまうってことですか？」

「やめはしないと思いますけど。短歌を日常に引き寄せるっていうんでしょうか。わたしも一宏さんに近いところがある。結婚する相手がいるわけじゃないんだけど、短歌で羽ばたくというより、日々のなかで歩くように短歌が続けられればそれでいいような気がしてきていて」

茜さんは少し笑って、残っていたお茶を飲んだ。

「まあ、わたしたちのことはともかくね。そういうわけで、翼さんも一宏さんも、未加里さんはきりん座には居付かないんじゃないか、ってどこかで思ってたし、久輝さんに対してはもうなにを言っても無駄、みたいな気持ちがあったんだと思うんですけど、問題は七実さんで。今回のことですごく怒ってしまって、久輝さんと同じグループで活動を続けるのはいやだって」

「そうなんですね」

「七実さんは未加里さんに何度か忠告したけど無視された、と言っていて、未加里さんのこともよく思ってないと思います。だから、未加里さんに戻ってほしいと思ってるわけじゃなくて、純粋にたびたび問題を起こす久輝さんに腹を立ててるんですよね。文芸マーケットにも出てこなかったり、遅刻したりで、そういうとこも気に入らなかったんでしょうね。何様のつもりだって」

茜さんはまた深くため息をついた。

「翼さんも一宏さんも、内心、久輝さんのことは面倒だと思ってるんじゃないかと。久輝さんの存在にこだわってるのはわたしで……。翼さんも一宏さんも、わたしが久輝さんのことをあきらめれば、異論はないと思います」

「茜さんは久輝さんにきりん座にいてほしいと思ってるんですね」

「そうですね。やっぱり久輝さんにはほかの人にはない才能がありますから。かなわないと思うし、きりん座のなかで世に出るとしたら久輝さんしかいない気もしている。だから、見届けたいという気持ちがあるんです」

「見届けたい、とは……？」

どういう気持ちなのかわからず、訊いた。

「久輝さんが所属していることがきりん座にとってもプラスになるとか、そういう打算もありますよ。けど、そんなのはあまり意味がないこともわかってます。みんな、たとえ久輝さんが天才だったとしても、久輝さんが起こすトラブルを考えたら、いない方がいいと思っているでしょう。久輝さんだって、きりん座にそこまで執着がないと思うんです。仲間だと思っているのかどうかもあやしいですし。だから、ただ純粋に、こういう人がどういう運命をたどるのか、どこまでいけるのか、わたしが間近で見ていたいというだけなんです」

茜さんは一気にそう言った。

その気迫に呑まれ、この人はこの人ですごいな、と感じた。

才能というのがなにかうまく言えないが、世の中にはたしかに才能のある人というのが存在する。だが、花開くまではそれがわからない。結局のところ、「花開く」というのは世の中に認められるかどうかによって決まるのかもしれない。

創作を志す人たちは、もしかしたら自分にも才能があるかもしれない、と思う。若いうちはとくに。だがだんだん自分の位置がわかるようになり、認められないと悟ればその道を去る。

茜さんは自分には世に出る力はないかもしれないと感じている。だが、久輝さんにはそれがあるかもしれないと感じている。

たぶん、翼さん、一宏さん、七実さんは久輝さんの力をそこまでのものだと思っていない。茜さんだけが確信している。それが正しいのかいまの時点ではわからない。一種の賭けである。茜さんは「賭ける」ほど「才能」にこだわっているということだ。

嫉妬でもなく、自分にとって利があるからでもない。たぶん才能というものがいったいなんなのか見極めたいのだ。それを持っているのが自分ではなく他人だったとしても、つぶさに見つめ、その正体を探りたい。そのために久輝さんを間近で見ていたい、ということなんだろう。

自分自身が価値のある存在になりたいから才能というものにこだわる。それはわかる。だが茜さんはそうじゃない。「才能」というもの自体に執着している。それが他人のものであっても見届けたい。そのこだわりが凄まじいと感じた。

「たぶん、七実さんはもちろん、翼さんや一宏さんもわたしのこの欲望がなんなのかわかっていないと思うんです。みんな友情や義理のようなものだと思っている。大輔さんだけはわたしが久輝さんをかばうのが、そういうことのためじゃないってわかっているような気がするんですけど」

「大輔さんが？」

「なんとなくそんな気がするだけです。翼さんや一宏さんは、作品にしか関心がないんですよ。でも大輔さんは人に関心がある。彼は久輝さんに惹かれて連句をはじめて、きりん座にも参加した。けど、べったり依存したりはせず、距離を置いて見ている。わたしのこだわりとはまたちょっとちがう気がしますけど」

茜さんがにこやかに言う。こだわりの正体はわからないけれど、たしかに大輔さんには不思議なところがある。

「そういえば蛍さんから聞いた話なんですが、優さんが久輝さんのことを高く評価していて『アカシア』に書いてもらうことを考えているみたいです」

言うべきか迷ったが、いまわたしが言わなくてもいずれ伝わるだろう。

「そうなんですか？　それは知りませんでした」

茜さんは一瞬驚いた顔になったが、すぐに表情がゆるんだ。

「でも、なんとなくわかる気がします。優さんは、ただものじゃない気がしてましたから。そうですね、いいかもしれません。優さんと久輝さんのあいだでどんな反応が起こるのか、ちょっと見てみたい気もします」

茜さんは複雑な笑みを浮かべる。

「まだ誘うかもという話だけで、実現するかはわからないですが」

「いえ、きっと実現すると思います」

茜さんは笑みを浮かべたままそう言い切った。確信に満ちたその笑顔を見るうちに、そうなるんじゃないか、という気がしてきた。

久輝さんが「アカシア」に書く。短歌なのか、詩なのかわからないけれど。そのときのことを想像すると、わけもなく心がざわざわした。

茜さんが帰る間際、卯月さんの連句会の話を思い出し、次のひとつばたごの定例会に来ませんか、と誘ってみた。

「そうですね。行ってみたいと思います」

茜さんはほっとしたような顔でそう言って、帰っていった。

4

今月の連句会のお菓子は「不破福寿堂《ふわふくじゅどう》」の「鹿の子餅《かのこもち》」。祖母が決めた定番のお菓子で、マシュマロのようなふんわりしたお餅に金時豆がはいっている。

不破福寿堂は富山県の高岡《たかおか》市の菓子店で、毎年通販で取り寄せている。お菓子を注文するたびに、祖母と高岡を旅行したことを思い出す。蒼子さんの旦那さんの茂《しげ》明《あき》さんが亡くなったことも。以前ときどきひとつばたごに来ていた茂明さんはこの鹿の子餅が大好きだったそうだ。

そういえば、去年このお菓子を出したときは、航人さんと森原泉さんの一件で、蒼子さんや桂子さんとあれこれ相談していたんだっけ。

こうやって毎年少しずつお菓子にまつわる記憶が増えていく。良いことばかりではないけれど、時間が経てばどれも共通の思い出になって、わたしたちをつないでくれる。それはありがたいことだなあと思う。

祖母は「ひとつばたごのお菓子番」を名乗っていた。その役割を受け継いで、わたしはひとつばたごに通っている。だけど、ほんとうにそれでいいんだろうか。

わたしには、蛍さんやきりん座の人たちのような、どうしても表現したい自分がない。そう思っていた。創作というものに一度もひとりで向き合ったことがない。

世の中ではそういう人の方が多いだろうし、それがふつうなんだと思う。

だが、蛍さんやきりん座の人たちを見ていると、それでいいのか、という気持ちにもなる。蛍さんたちはぎりぎりのところで自分自身と向き合っている。創作で特別な存在になりたいという、ひりひりするような欲望を抱えて。

わたしはずっとそれを遠くからながめているだけ。自分の前に一本線を引いて、わたしとは関係ないものとして見ている。なにも賭けていない。最初から勝負の土俵にあがっていない。

ひとつばたごのほかのメンバーだって、桂子さんは俳句、悟さんは短歌をそれぞれ書いている。航人さんもむかしは小説を書いていたし、蒼子さん、陽一さんも若いころに小説を書いたことがあると言っていた。

鈴代さんのことはわからないけれど、直也さんは小説を書いていたお父さんが早世したという事情があって創作には意図して近づかずにきた。映画研究部だった萌さんは脚本を書きたいと考えたこともあったが、実現できなかった。

みんな若いころに一度は書くことを志したり、創作に対してなにかしら思い入れを持っていたり。そういうことを経て、連句という場にやってきたのだ。

育児を終えてから自分の表現の場を探して連句に参加するようになった祖母ならお菓子番というかかわり方もあるだろう。だけど、まだなにもしていない自分がそれでいいんだろうか。

ひとつばたごに通うようになってからもうすぐ三年経つけれど、そんなことを感じたのははじめてかもしれなかった。

　連句会当日は朝昼兼の食事をとり、昼前に鹿の子餅を持って家を出た。会場の池《いけ》上《がみ》会館にはいつものように西馬込から歩いて向かう。

　大きな墓地を通って、池上会館に着いた。崖のような斜面に建っているため、屋上からはいってエレベーターでさがる形になる。今日の会場は本館にある小研修室だ。エレベーターを降りると、小研修室の前にいる茜さんの姿が見えた。

「茜さん、こんにちは」

「ああ、よかった。ここでいいのか自信がなくて」

　茜さんがほっとしたように笑った。ドアを開け、いっしょになかにはいる。航人さん、桂子さん、蒼子さんに茜さんを紹介する。

　茜さんの師匠である卯月さんは連句の大会のときに審査員として参加していて、航人さんとも顔見知りだったらしい。航人さんの師匠である冬星さんと卯月さんの師匠は何度も連句で同席したことがあるそうで、航人さんは、いつか卯月さんとも巻いてみたいですね、と言っていた。

　今日の参加者は、航人さん、桂子さん、蒼子さん、直也さん、鈴代さん、萌さん、陽一さん、茜さん。悟さんは仕事で、蛍さんは卒業論文の関係でお休みだった。論文の提出は終わったが、一月にある口頭試問に向けての準備があるらしい。

準備が終わったあたりで直也さんもやってきて、みんな席についた。

お客さまということを意識して、発句は茜さんの「年の瀬の寺の階段静かなり」に決まり、脇には桂子さんの「道行く人はみな懐手《ふところで》」が付いた。懐手とは、寒さのために和服の懐に手を引っこめている状態のことで、冬の季語である。

冬二句のあと、第三と四句目は雑、五句目は月で、秋になった。落ち着いた雰囲気の句が続き、裏にはいったところで鹿の子餅を出す。

「雪みたいですねえ」

茜さんははじめてだったようで、鹿の子餅を見ると目を丸くしてそう言った。

陽一さんはひとつばたごでも雑誌を作ろうと思っている、と話し、茜さんにきりん座での雑誌の作り方についてあれこれ訊いている。

「連句だけの雑誌というのはむずかしいですよね。『きりん座』はメインが短歌なので、短歌への興味で買っていかれる方が多いんですよ」

茜さんが言った。

「連句の入門的な解説やエッセイを入れようという話はしているんですが、まず連句を知らない人に連句に関心を持ってもらう、というところからハードルが高くて」

陽一さんが、うーん、とうなる。

「やってみればこれほど楽しいことはないってくらい楽しいんですけど、知らない人がほとんどだし、知っててもとっつきにくいと思われちゃうんですよね」

萌さんが言った。

「もったいないよねぇ。楽しいのに」

鈴代さんは不満げな顔だ。

「自分で巻けば楽しいんですが、作品を読むところからはいるとその楽しさがなかなか理解できないんじゃないかと」

直也さんが言った。

「連句を巻くとなれば歌仙の半分の半歌仙《はんかせん》でも数時間はかかります。いまどき大の大人がわざわざ集まって句をつなげる遊びをするなんて酔狂な話ですね」

航人さんが笑った。

「でも、SNSの感覚とはちょっと近いと思うんですよ。実際、僕たちも蒼子さんのSNS連句からはいったわけですし」

陽一さんが言った。

「SNS連句……？」

茜さんが首をかしげた。

「蒼子さんが以前開催したんですよ。SNSで解説しながら、だれが付けてもいいという形で付句《つけく》を募集して、その場で選ぶ、っていう……。陽一さんと鈴代さんとわたしは、そこから連句にはいったんです」

萌さんが説明する。

「それって、皆さん、開催されているのをどうやって知ったんですか?」

茜さんが訊いた。

「短歌や俳句に興味を持ってる知り合いが何人かいて……。たぶんその人たちのうちのだれかが『おもしろそう』って書いてたのを見て、のぞきにいった、みたいな感じだったような……」

鈴代さんが答える。

「わたしもそうでした。なにしろそのときは子どもがまだ小さくて。SNSでおもしろそうなことをさがしまわっていたので……。わたしは大学のサークル関係からたどっていった気がします。わたしが見つけたときにはもうはじまっていて、流れを見てたらおもしろそうだったから、自分も句を付けてみた、って感じで」

萌さんが言った。

「そのときは、数日前からこういうことをやります、って予告もしてましたし、連句関係の知り合いにも最初はサクラをお願いしたりしてたんです。だれもいないとさびしいですから。でもはじめてみたら、どんどん句が来て……。なにしろリアルな連句にくらべて連衆《れんじゅう》の数が多いですからね。あっという間に十とか二十の句が付いて、あわててストップをかけたりして」

蒼子さんが思い出しながらそのときのことを話す。

「あの当時はまだユーザー数もそれほどではなく、SNSものんびりしてましたからね。いま同じことをしたらとんでもないことになるかもしれませんよ」

直也さんが笑った。

「でも、オンラインで連句を巻いてみるっていうのはひとつの手としてありかもしれませんね」

陽一さんが思いついたように言った。

「そういえばわたしも一度SNS連句をやってみたいと思ってたんです。前にここで話したときにも、いま同じ形で開催したらたいへんなことになりそうっていう話になって。わたしも自信がなくて踏み出せなかったんですけど……」

萌さんの言葉に、以前そんな話が出たな、と思い出した。

「連句のおもしろさを伝えるには自分で体験してもらうのがいちばんだというのもありますが、ある程度オープンな形で連句を巻いて雑誌に作品を掲載すれば、参加者が買ってくれるかも、という下心も……。ちょっと安直かもしれませんが」

陽一さんが言った。

「あ、でも、それ、いい気がする。解説しながら巻くんだったら、そのログをまとめればそのまま記事になるし」

鈴代さんがうなずく。

「そうですね、オンラインなら遠方の人でも参加できますし。部分参加OKにすれば、ハードルは低くなります。ただ、開催方法は工夫しないといけないですね。SNSはいりやすさはあるけど、いまは裾野が広がりすぎてますから」

直也さんが言った。

「もう少しメンバーを限定できるシステムを考えた方がいいですね」

陽一さんが答える。

「わたしも人集めには少し協力できるかもしれません。『きりん座』の読者や短歌関係の知り合いに声をかけるのはどうでしょう。五七五七七に馴染んでいる人が多いですし、連句を巻いたことはないけど興味はある、っていう人もけっこういると思うので」

茜さんが言った。

「あずきブックスでも告知できると思います。いまは忙しいと思いますが、蛍さんも大学の友だちに声をかけてくれるかもしれませんし」

わたしも提案した。

「なるほど。まったく未知の人よりまず身近な人とその周辺からスタートするのはいいかもしれませんね。その方が購買につながる率も高い気がします」

陽一さんが言った。

「陽一さんはけっこう商売人なのねぇ」

桂子さんがふぉふぉふぉっと笑った。

「え、ええ、まあ、それは……。僕はＳＥですが、クライアントは商店や飲食店が多いですから。顧客を増やすための方法をいつも考えていて……」

「まあ、ネットのことは僕たちはよくわからないですから、皆さんにおまかせしますよ。慣れている人たちで運営した方がいいでしょうから。まずは知ってもらうところからだと思いますし、どんなものができるか楽しみにしてますよ」

航人さんが微笑む。

「まあ、雑誌の相談はそれくらいにして、そろそろ句を作りましょうか」

いつものように航人さんに言われ、みんな、そうでした、と言いながら短冊に向かった。

5

裏にはいって恋の座。それに続いて時事句も出て、夏の月へ。花から春の句が続き、名残の表へ。茜さんも場にすっかり馴染んでいる。

茜さんの句にはどことなくやさしさがある。きりん座で巻いたときはみなもっと鋭い印象があったので、最初はひとつばたごの雰囲気に合わせてトーンを変えているのかと思った。だが、よくよく思い出してみると、きりん座でも茜さんの句はこういう感じだった。

たしかわたしと蛍さんがきりん座に行ったとき、蛍さんの「春の風川面に光戯れる」という句に、茜さんは「ひらりひらりと舞い踊る蝶」という脇を付けた。やわらかく、やさしい響き。だがどこか儚《はかな》さがあって、印象に残っていた。

名残の表の真ん中あたりで冬の句が二句続いたあと、鈴代さんの「明け方の薄き瞼《まぶた》に口づけす」という雑の句が取られた。

「明け方と薄い瞼の組み合わせがきれいですね」

蒼子さんが息をつく。

「『明け方の薄き瞼』というのは、人の瞼にも取れるし、明け方というベールのかかった時間を指しているとも取れる。でも、気持ちとしては恋の句ですね」

航人さんが言った。

「素敵ですね。きりん座だとこういう艶っぽい句はあまり出ないんです。半歌仙だからかもしれませんけど」

茜さんが言った。

「恋は裏と名残の表で出ることが多いですが、裏と名残の表では雰囲気が変わりますね。裏は淡くて、名残の表はもうちょっと踏みこんだ恋になります。みんな心がほぐれてくるんですね」

航人さんが答える。

「そういえば、『きりん座』の雑誌に載っている連句を読んだんですが、恋の句が少ない印象でしたね。女性が出てくるだけ、とか、過去の恋を思い出す、みたいな淡いものが多くて、現在進行形の恋愛は少なかったような」

萌さんが思い出しながら言う。

「やっぱり、渦中にいる若い人は恋の句を作りにくいんじゃない？　年配になって恋が遠のいてからの方が、恋に執着が出てくるのかもよ、睡月さんみたいに」

桂子さんが笑った。

「睡月さんの恋句はたしかにすごいですよね。どうしてあんな句が作れるんでしょうねえ。わたしは何年経ってもあの域には行けないと思います」

直也さんが苦笑いする。

「それは世代もあるんじゃないですか？　むかしは小説でも週刊誌でもスポーツ新聞でも、男性向けの色気のあるコンテンツが蔓延《まんえん》してましたし。いまは女性や子どもの目線も考えないといけないし、あんなにおおっぴらにはいかないですよ」

萌さんが言う。

「女性を性的に消費するようなものは、それこそSNSで叩かれちゃいますよね」

鈴代さんが笑った。

「むかしの連句の場では、女性を客体としてとらえている人が多かったんじゃないですか。わたしたちの世代だともうそれには抵抗がある。女性のことを考えて、というより、いかにも男性的な欲望を描くことにわたしたち自身も抵抗を感じてしまう。書けないのはそういうことなのかもしれないですね」

直也さんが言った。

「それでも、わたしたちの若いころはまだ男女の恋愛というものにすごく縛られてたと思うんですよね。いまはそうじゃないでしょう？　LGBTQ的なものに対する意識も高まってるし」

萌さんの言葉に、鈴代さんも、そうだねえ、とうなずく。

「そういうこともあるかもしれませんが、きりん座の場合……というより、なんとなく最近の全体的な傾向として、恋愛より『自分と世界』の関係を書く人が多い気がします」

　茜さんが言った。

「自分がここにいる意味を問うようなものというか……。恋愛の対象のことより、自分自身が不確かで、自分自身をつかむことに必死というか」

　茜さんが考えながら答える。

「ああ、たしかにそういう傾向の作品もよく見かけますね」

　直也さんが言った。

「メンバーの一宏さんもそろそろ結婚するという話ですし、みんな恋愛しないというわけではないんです。ただそれが自分の表現に結びつきにくいんですね。不思議ですね、和歌にとって相聞《そうもん》はすごく大事なテーマだったのに」

　茜さんが首をかしげた。

「相手にも心があると思うと、勝手な幻想を抱くわけにもいかなくなりますよね。むかしはみんな主体性を持った個人じゃなくて、社会における役割の方が大事だった。女性は子どもを産まなくちゃならないし、男性はそれを養いつつ、会社という組織を支えなければならなかった。『自分がなにか』なんて考えている余裕がなかったんですよね。みんな社会で求められる人間になることで精一杯だった」

直也さんが言った。

「自分はそういうあり方があまり好きじゃなくて、会社を辞めちゃったようなところがあって。そうしなければならないということはわかるんですけど、みんながそれを正しいことだと信じて突き進んでいくのが気持ち悪かったんです」

陽一さんが笑った。

――「自分がなにか」なんて考えている余裕がなかった。

――そうしなければならないということはわかるんですけど、みんながそれを正しいことだと信じて突き進んでいくのが気持ち悪かった……。

直也さんや陽一さんの言葉が頭のなかをぐるぐるまわる。

祖父母のことを思い出すと、直也さんが言うように、むかしはみんな「自分」よりも「自分の果たすべき役割」のことばかり気にしていた気がする。生きること自体のむずかしさは変わらないのに、みんなが「自分」を求めはじめたから「自分と世界」のことを考えなければならなくなったということなのか。

そう考えると、連句に「自他場」という考え方があるのが重要なことに思えてくる。自分のことを詠むのが「自」の句。他人を詠むのが「他」、自分と他人両方いるのが「自他半」、人のいない句が「場」。連句ではどれかひとつだけが続くのを嫌う。自も他も場もあるのが世界。連句を巻いていると常にそのことを考える。

ホワイトボードに書かれた鈴代さんの句をながめながら、もう少しこの鈴代さんの句の世界に踏みこんでみたい気がした。明け方の空を思い浮かべていると、ふわっと言葉が降りてきた。それをそのまま短冊に書きつけ、航人さんの前に出す。

「ああ、いいですね、ここはこちらにしましょう」

航人さんがうなずき、わたしの短冊を蒼子さんに渡した。

「『君のかけらに指をのばして』。前の鈴代さんの句も自他半、これも自他半ですね。人のかけらというのは現実的にはあり得ないから概念なんだと思いますが、相手全体じゃなくて、かけらに指をのばすというのが、現代的なのかもしれない」

航人さんが話していると、茜さんがすっと短冊を出した。

「ああ、これもいいですね。自他半の世界からぐっと離れて、人もいない世界の月。でも、『かけら』と『化石』で、前の句と通じている。すごく現代的です」

航人さんが言った。

明け方の薄き瞼に口づけす　　鈴代
　君のかけらに指をのばして　　一葉
皓々《こうこう》と化石の貝を照らす月　　茜

一巻が終わり、外に出るともうすっかり暗くなっていた。みんなで本門寺《ほんもんじ》の参道を通り、池上駅の方へ向かう。途中のイタリアンレストランで二次会をした。

となりに座った茜さんが、今日は参加してよかった、とにこやかに言った。

「卯月さんのところで巻いていたころのことを思い出しました。ずっと行ってなかったんですけど、また顔を出してみようかな、って」

「それもいいかもしれませんね」

「いろいろな世代の人がいるっていいですね。考え方もさまざまで。自分とちがうものに触れると、ほっと気が抜けるっていうか、そうか、そんな考え方もあるんだな、って思えて」

茜さんが微笑み、誘ってよかった、と思った。

「わたしもよくそう感じます」

「きりん座に対してもちょっと見え方が変わって……。ああ、やっぱり、自分はきりん座が大事なんだな、って改めて思ったんです」

茜さんが手元のグラスをじっと見る。

「同世代で活動を続けるむずかしさややこしさもあって、ちょっと疲れていたのかもしれないですね。だけどやっぱりきりん座のおかげでいまの自分がある。メンバーのことも自分の一部のように感じているところもある」

「そうなんですね」

「でも、場を維持することにばかり気を取られてはダメなんだな、とも思いました。わたしもわたしらしく、ほかとぶつかってもいいから、自分を通すくらいでないと。それで別れ別れになったとしても、きりん座が大事だということは一生変わらないと思いますから」

茜さんがしずかに微笑んだ。

「それに、歌集のこともう一度考えてみようと思いました。自分自身のレゾンデートルとして」

レゾンデートル。存在理由。

「それは茜さん自身にしか書けないものですよね」

わたしが言うと、茜さんの表情がぱっと輝いた。

「ええ。優劣は考えても仕方がない。遠くの星から見れば結局みんなちっぽけなものですからね。わたしはわたしとして生きるしかないんだな、って」

そう言って、晴れやかに笑う。茜さんの作った月の句を思い出す。

こうやってみんないろいろ悩んで、なにかを残したり残せなかったり。でもいつかはみんないなくなる。皓々とした月の光のことを思いながら、レゾンデートルという言葉を舌先で転がしていた。

大切な場所

1

十二月のうちに優さんから「アカシア」の朗読会の概要を受け取った。「きりん座」のような座談会的な部分はなく、会のほとんどは朗読らしい。

ひとりの持ち時間がおよそ十五分。司会は優さんがつとめ、各人最初に優さんと数分近況などを話す。

朗読者は優さんをはじめ、宇山佳明《うやまよしあき》さん、松田真帆《まつだまほ》さん、日下部憲《くさかべけん》さんというアカシアの同人。蛍さんもはじめて朗読するらしい。ほかにゲストとして、今村樹里《いまむらじゅり》さんという女性詩人が参加することになっている。

宇山さん、松田さん、蛍さんの順に読み、休憩をはさんで、日下部さん、今村さん、そして最後は優さんが朗読する。質疑応答もほぼないので、トークイベントというよりライブに近い形だな、と思った。

宇山さんからちょっとした民族楽器を使いたいという申し出があったが、どれも大音量が出るものではないようで、泰子さんに確認を取って、問題ないと答えた。

松田さんからは映像をいっしょに流したいという希望があったらしい。「あずきブックス」には機材がないため、プロジェクターは優さんが自分の家で使っているものを持ちこむことになった。映像はカフェの壁に映すのでOKらしい。

告知はアカシアにまかせたのでどのくらい人が来るのか読めず、ちょっと心配していたのだが、日下部さんや優さんの朗読には定評があるし、松田さんも詩壇の実力者、さらにゲストの今村さんのSNSでの投稿が拡散されたおかげで、年内に定員の三分の二くらいのチケットが売れたらしい。

今村さんは次回の「アカシア」にゲストとして執筆することになっている女性詩人で、年齢はわたしより少し上。女子大生詩人としてデビューして話題になり、雑誌などにエッセイも執筆している。

わたしも詩は読んだことがないが、エッセイ集の方は読んだことがあった。感性が鋭く、文章に透明感がある。惹きつけられるものは感じたが、ここまで繊細だと生きていくのはたいへんかもしれない、という気もした。

発言もかなり鋭く、考えていることをはっきり言う。とくに、女性蔑視に対して敏感で、こんなことを言ったら批判されそう、と思うようなことも臆さず発言する。細くてすぐに折れてしまいそうな外見なのに、自分の信じるものを守るために戦っているんだと伝わってきた。

きっとそういう人だからこそ多くの人を惹きつけているのだろう。自分では表現できない違和感を言葉にしてくれたと感じている人もいるだろうが、潔いふるまいに魅力を感じている人もいるだろう。

わたしと同じ世代なのに、すごいな、と思う。このところ、自分が傍観者の立場にいることに疑問を感じ続けている。きりん座の人たちや蛍さんを間近で見ていると、なにも背負わず、ただ安全圏に立ってながめている自分がずるいような気がしてしまう。

もちろん、みんながそうなる必要はないし、なれるはずもない。なのに、なぜこんなふうに感じるのか、よくわからなかった。

2

あずきブックスの年内の営業は二十八日までで、新年は一月四日から。二十九日の午前中に大掃除をして、正月休みにはいった。

年末は恒例の家の大掃除。母の仕事は年末年始もあまり休みがないので、この年末の大掃除はいつも父とわたしが担当している。父の決めた手順にしたがって、ふだんできないところまで掃除する。一日働くとかなり疲れる。

掃除が終わり、こたつにはいってお茶を飲んでいるとき、父から写真の話を聞いた。大森出身の後輩や大輔さんと相談して、日程はまだ未定だが、来年の二月に大森の撮影に行くことになったらしい。

「撮影が終わったら、今回は例のレンタル暗室で現像することにした。城崎さんもいっしょに来るって言ってたし、彼が暗室体験記を書くことになっていて」

「お父さんはエッセイ書かないの？」

前回書いたので、今回もてっきり書くものだと思いこんでいた。

「いやいや、あれは一回目だけだよ。前回はいきなり古い写真を載せることになったし、いまの人たちはフィルム写真って言われてもなんのことやら、って感じだろうから、時代背景とか説明しとかなきゃ、と思ったから書いたけど……」

父がお茶を飲みながら言う。

「わたしはやっぱり文章書くのには向かないよ。あれを書いてえらく疲れたんだ」

父が苦笑いした。

「そうなの？　すごくよかったってみんな言ってたけど」

「そりゃ、自分の人生のなかでいちばん光り輝いてる部分を書いたからね。あれが書けたのはほんとによかったと思ってるよ。ああやって形にできて、むかしの写真部の仲間からも真面目な感想メールが来たりしてさ」

「へえ。それはよかったね」

「けど、ほかに持ちダマはないんだよ。あれは一世一代の文章で。だれでも一生に一編は小説を書ける、とか言うだろう？　わたしにとってあの文章はそれだったたってこと。まあ、短いものだけどさ」

父は笑った。

「あとはご覧のとおり平凡な人生だったからね。もちろん、平凡な日常を生きていてもすごいものが書ける人もいるんだろうけど」

父は遠くを見る目になった。

「わたしたちはみんな会社に就職して、安定した生活を手に入れた。でも、きっと代わりに失ったものもあって、あの亡くなった先輩が自分たちのなにかを背負ってくれてるような気がしてたのかもしれない」

「なにかって？」

わたしは訊いた。

「自由……かな。自由って言っても、なんでもできるってことじゃなくて、自分の力で生きるっていうかさ。会社みたいな組織に頼らず、自分の足で歩いて、自分の手で直接世界に触れてる。そんなふうに見えてたのかもしれない」

父のその言葉にはっとする。わたしがきりん座や蛍さんに対して感じているのと、少し似ている気がした。

「先輩は結婚してなかったし、当然子どももいない。でも、あの生活で家族を養うってなったら不安だよね。収入も安定してないし。わたしにはとてもできない」

「そうだね」

「特別な人っていうのは、数が少ないものなんだ。みんなが特別になってしまったら、それは特別って言わないだろう？　けど、社会を作っていくのは大勢の平凡な人間だから。わたしはその道でよかったんだと思ってる。だからこそ、あの文章を書いて発表できたのは、すごくラッキーだったなあ、と思うんだ」

父がしみじみと言う。その顔を見ながら、過ぎてみればそう言えるけど、むかしはきっと父もいろいろ考えるところがあったんだろうな、と思った。


年が明け、四日からあずきブックスの営業もはじまった。

三日の午後に店に行き、泰子さんと文芸マーケットの棚を作った。最初の数日はまだ正月休暇の学生も多いようで、フェア目当ての若いお客さんが多かった。

アカシアの朗読会のチラシを手に取っていく人もいて、イベントの三日前に優さんからほぼ満席になったという連絡があった。「ひとつばたご」の鈴代さん、萌さん、陽一さんからも予約があったらしい。

物販コーナー用に送られてきた「アカシア」の既刊や、メンバーの詩集もちらちらながめた。

「アカシア」は十五年以上続いている雑誌で、年二回発行のため、もう三十号を超えている。優さんによれば、詩の同人誌というのは代表が出し続けるかぎり続くものので、百号を超えているものもいくつもあるらしい。

アカシアのメンバーにも変遷があり、初期のメンバーで残っているのは優さんと日下部さんだけ。抜けた人のなかには、自分で別の詩誌をおこした人もいるし、詩を書くことをやめてしまった人もいる。

日下部さんと優さんのふたりだけになったこともあったが、宇山さん、松田さんやほかの数人が加わり、また何人か出入りがあって、なんだかんだで十五年経っていた、という。

——まあ、もともとわたしは人嫌いというか、清海と出会うまでは著しく社会性に欠ける人間でしたからね。

打ち合わせのとき優さんはそう言っていた。

以前、優さんと連句を巻いたときに聞いた話を思い出した。大学時代に文学部の仲間で詩の同人誌を作ったが、いろいろあってグループを抜け、詩から離れていた時期があったと言っていた。知人の紹介でいまの大学で教えるようになり、清海さんと出会って結婚したのだ、と。

――いまの大学で教えるようになってから作ったのがアカシアなんですよ。同じ大学のフランス文学科で教えている日下部さんと出会ったのがきっかけで。日下部さんが詩を書いているのは知っていたし、日下部さんの方もわたしのことを知っていて、会合の帰りに声をかけてくれたんです。それで、いっしょに同人誌を出してみようか、っていう話になって。

優さんはドイツ文学が専門だと聞いていた。

――日下部さんは面倒見のいい人でね。詩の雑誌の投稿欄の選者をしていたときもあったんですよ。自分の任期が終わったとき、そのころよく投稿していた人たちに一度集まりませんか、って編集部を通して声がけしたみたいで。

それで投稿していた数名が、土曜日の午後に日下部さんの研究室に集まった。二年ほど定期的に合評会をおこない、そのなかの数人もアカシアに誘った。

――アカシアはメンバーがなかなか定着しなくて。でも日下部さんは、詩人はそういうものだから、って言って、全然平気なんですよ。「アカシア」の刊行自体も、定期的に出そう、みたいな気負いはなくて。それで気が楽になった。アカシアを続けられたのは日下部さんの人柄のおかげなんですよ。

そのうち、日下部さんがよその朗読会で出会った宇山さんを連れてきて、詩の賞の授賞式で出会った松田さんにも声をかけ、という感じで、いまのメンバーになった。ここ五年くらいはずっとそのメンバーで同人誌を作ってきて、久しぶりに新メンバーとして蛍さんが加わった、ということらしい。

日下部さんの詩はフランス語と日本語を往復するような独特の作風で、ちょっと難解だが、響きが音楽的なので、するする読めた。アジア系の雑貨店経営が本業の宇山さんの作品は、異国を旅する様子が描かれている。

松田さんは日本文学科の出身なので、アカシアのメンバーのなかで、字面がいちばん日本語らしく、わかりやすそうに見えた。だが、内容はそう簡単ではない。語と語のあいだによくわからない飛躍があり、意味がつかめそうでつかめない。だが読んでいるうちにそのつかみどころのなさがだんだん心地良くなった。

これまで詩はなんとなくむずかしそうで馴染みがなかったが、こうして見ると案外わたしでも楽しめるものだな、と感じた。小説にはない言葉の響きがあって、それに身をまかせてみると、なぜか気持ちが高揚する。

詩も大きくいえば「うた」だからだろう。短いのに充足感があり、朗読会も楽しみになってきた。

3

朗読会当日、カフェはいったん五時に閉店。その後アカシアのメンバーがやってきて、準備をはじめた。

入口からはいって左側の壁をバックにマイクやプロジェクターを設置。倉庫から折りたたみ椅子を出してきて、計画通りにならべる。物販と受付のテーブルは入口に近い側に置いた。

テーブルや椅子の設置が終わると、ステージのかたわらに置かれたテーブルに、宇山さんが持ってきたランプのようなものをならべていく。これが今日の照明で、朗読の最中は会場の電気は消して、ランプだけをつけるらしい。

ランプの中身はほんとうならロウソクを入れたいところなんだけど、危険もあるからいまはLEDのキャンドルライトを使ってるんです、と宇山さんが笑った。

試しにカフェの電気をすべて消してランプの光だけにしてみると、なかなか風情がある。電池式だが光がゆらゆら揺れるように設計されているそうで、遠目では本物のロウソクの灯のように見える。

朗読者の手元だけを照らすためのスタンド式の読書灯も準備されていて、実際に本を持って読めるかどうか試していた。

ふたたび電気をつけたあと、わたしは物販スペースを整えはじめた。あずきブックスで準備した本を書店側に、アカシアのメンバーから預かった本を受付に近い側にまとめて置く。

松田さんと蛍さんはそれぞれ手製の本のようなものを持参していて、それも受付側に置いた。松田さんは自分のブログに日記を掲載しているそうで、持ってきたのはそれを自分でプリントしてホチキス留めした手製本だ。

蛍さんはまだ詩集がないので、これまでの詩のなかから何編か自分で選んでプリントして束ね、文庫サイズの本にしてきた。背の部分にかわいいマスキングテープが貼られている。

「素敵。かわいいですね」

蛍さんの小さな本を見ながら、松田さんが言った。

「こういうテープ、みんな使ってますよね。どこに売ってるんですか？」

松田さんが訊く。

「文房具屋さんならどこでも少しは置いてると思いますけど、わたしは雑貨屋さんで買ってます。好きな作家さんのマスキングテープが置いてあるので」

「作家さん？　マスキングテープの？」

松田さんが目を丸くする。

「いえ、マステだけを作ってるわけじゃなくて、便箋とか一筆箋とかノートとかシールとかいろいろあるんです。マステはどんどん新作が出て、廃番になっちゃうともう手に入らないんですよ」

蛍さんが説明する。

「そんな世界があるんですか。ああ、蛍さんは文具メーカーに就職するって言ってましたね。だからくわしいんですね」

「はい。文具好きはむかしからで……」

蛍さんがにっこり笑ったとき、入口から女性がひとりはいってきた。

「今村さん。今日はありがとうございます」

松田さんが女性に頭を下げる。

「遅れてすみません。前の仕事がちょっと長引いてしまって」

今村さんが細い声で言う。

「大丈夫です。いま機材を設置中で、声出しはまだこれからですから」

松田さんが答える。

「あ、あの、すみません、はじめまして。大崎《おおさき》蛍っていいます。アカシアのあたらしいメンバーで、今日は朗読にごいっしょさせていただきます」

蛍さんが深々と頭を下げた。

「ああ、大学生さんでしたよね。こちらこそ、今日はよろしくお願いします」

今村さんも頭を下げた。

それからひとりずつ声出しをして、音響や映像の調整をする。照明は例のランプを使って、あとは会場の電源のオンオフだけだが、やっぱりこれはトークイベントというより「公演」や「ライブ」に近いものなんだな、と感じた。

わたしは物販コーナーの本の整理や、釣り銭を準備したりしながら、その様子をぼんやりながめていた。声出しの終わった蛍さんがわたしのところにやってきて、なんだか緊張してきました、と心細げに言う。きっと大丈夫だよ、と答えながら、わたしもなぜか緊張していた。


開場時間が近づき、受付担当の人がやってきた。入口前には少し列ができている。受付の人といっしょに店の前に出て、近隣の迷惑にならないよう整理する。なかに茜さんと翼さんの姿も見えた。茜さんは、大輔さんも来る予定だけど、仕事が長引いていて少し遅れるみたい、と言っていた。

ほどなく開場となり、アカシアのメンバーはカフェの手前に設置された待機スペースの椅子に移動。入口からお客さんがはいりはじめた。茜さんと翼さんは蛍さんに声をかけてからいちばん前の列に座った。鈴代さん、萌さん、陽一さんもやってきて、なかほどの席に腰かける。

蛍さんのご両親ともうひとりの妹さんもやってきた。ご両親と会うのははじめてで、軽くあいさつをした。海月《くらげ》さんは今日は共通テスト初日。明日もテストだからさすがに来られないみたいだ。

会場が埋まってくると、わたしもどきどきしはじめた。今日は前に立つ必要もないのに。ちらっと蛍さんの方を見ると、となりに座った優さんになにか話しかけられ、うなずきながら一生懸命笑顔を作って答えている。表情を見て、相当緊張しているな、と思った。

開演時間が近づき、会場の電気が消える。ステージの近くのランプの光がゆらゆら揺れる。そのときそっと会場の扉が開き、身をかがめながら男性がひとり入場してきた。その姿を見てはっとした。久輝さんだった。

優さんが誘ったのか。思わず茜さんたちの方を見るが、ふたりともステージの方を見たままで、気づいていないみたいだ。久輝さんの方も受付を手短にすませるとすぐに後の方の席に移動し、腰かけた。暗いのでとなりの物販コーナーにいるわたしにも気づいていないようだった。

ステージの読書灯がつき、優さんがその横に立つ。

「さて、お時間になりましたので、そろそろはじめたいと思います」

優さんの渋い声が会場に響く。会場に来てくれたお礼や簡単なあいさつをしているだけで深い話をしているわけでもないのに、美声が胸に染み渡った。

優さんが宇山さんをステージに招く。少しやり取りをしたあと、優さんは退き、宇山さんひとりになった。独特の風貌で、味わいのあるトークがはじまる。いくつか不思議な楽器を持ってきていて、説明をしながら音を鳴らす。

金属のお椀のようなシンギングボウル。小さな鍵盤楽器ハーモニウム。丸い壺のような打楽器ガタム。チベットやネパールで仏具として使用されるティンシャ。

それらの音を鳴らし、合間合間に朗読を挟む。内容は宇山さん自身がアジアの国々をめぐったときの様子を描いたもので、音がはいっているせいで、自分も遠い地を歩いているような気分になった。

次の松田さんは淡々とした朗読だった。言葉をひとつひとつ確かめるように読むので、流暢《りゅうちょう》とはいえない。ぼつぼつっと切れるような部分もある。言葉がひとつずつ石ころのように心に落ちてくる。そんな印象だった。

映像は、松田さんが郷里に戻ったときに撮影したもので、地元で続いている機織《はたお》りや酒造りの様子が映っていた。合間に挟まるトークはなごやかで、映像を見ながら詩を聴いていると、自分が育った土地への想いが伝わってくる。

言葉というのはひとつひとつに重さがあって、ほんとうはそんなに飲みこみやすいものではないんだな、と感じた。詩集を文字で読んでいたとき難解だと思ったのは、差し出された言葉の重量が予想以上に重くて、身体が驚いていたということなのかもしれない。

朗読の終わりに松田さんはほっとしたように微笑み、礼をした。聴いていたわたしたちもほっと呼吸し、拍手する。完全に理解できていないけれど、とても大きなものを受け取ったという実感があった。

松田さんと入れ替わりに、蛍さんがマイクの前に立った。はじめまして、と名乗る声がふるえているのがわかる。緊張でこちらも手が汗ばんできた。

「ひとつばたご」で蛍さんとはじめて会ったときすごく優秀で驚いたけれど、その後は小説の賞に落ちたり、就活で苦労したりするのを見てきた。ときどき相談も受けて、蛍さんの悩みも少しはわかっているつもりだった。

いろんなことがあって、蛍さんはいまここに立っている。自分の言葉を人に送り出そうとしている。そのことを思うと、なぜか胸がいっぱいになった。

蛍さんは少しつっかえながら自己紹介を終え、手にしたコピー用紙に目を落とす。会場はしんとしずまりかえり、蛍さんの声を待った。大きく息をして、蛍さんが詩を読みはじめる。

なにに対しても全力で向き合い、真剣に受け止めてきた証がそのなかにあふれていた。社会に羽ばたく日を目前にした、大学への想い、家への想いが言葉に凝縮されている。それが声になることでほどかれて波になり、胸を打った。

就職活動を題材にした詩を読むときは、声がうわずり、ふるえがおさえられなくなり、涙が頬を伝うのが見えた。聴いている人たちのなかにも涙を拭っている姿が見えた。わたしもじわっと涙が出て、ハンカチで目尻をぬぐった。


蛍さんの朗読が終わり、会場の電気がつく。優さんが前に出て、蛍さんに微笑みかけたあと、会場に向かって十分間の休憩にはいることを告げた。みな少しずつ談笑をはじめる。立ち上がって物販コーナーに来る人もいた。

蛍さんのご家族が蛍さんのところに行って、肩を叩いているのが見えた。蛍さんは泣きながら笑っている。

宇山さんや松田さんのまわりにも人垣ができていて、宇山さんの楽器を見たり、松田さんと談笑したりしている。朗読会というものを体験するのははじめてだったが、すごく良いものだな、と思った。

作品の解説を読んだり、感想を語り合ったりすることでも読解は深まるけれど、作者の朗読を聞くと、またちがった形で読みが深まるんだな、と思う。どういう意味なのか頭で考えてもわからないことが、身体に直接ずどんとくる。

連句のおもしろさはやってみないとわからない、と感じていたけれど、それと少し似ている。著者の声で聞くと、それまで線や面だった言葉が、急に立体になる。空間になる。そのなかに包まれて、わからなくても納得してしまう。

不思議な体験だった。こういう会がまたできたらいいな。

そう思いながら会場を見まわしていたとき、茜さんたちの姿が目にはいった。茜さんはさっきの席に座っていたが、翼さんが席の近くに立ち、驚いたような表情でうしろをじっと見つめている。視線の先に久輝さんの姿があった。

朗読会に夢中になって、そのことをすっかり忘れていた。蛍さんから聞いた話は、この前茜さんにも話した。茜さんが翼さんに伝えたかはわからないけれど、茜さんの方は今日ここに久輝さんが来ると予測していたのかもしれない。

そのとき後半の開演時間になり、会場の電気が消えた。翼さんも前に向き直り、席に腰を下ろす。ふたたび優さんが前に立ち、後半のスタートを告げた。

最初の朗読は日下部さん。うねるような響きが心地良く、朗読がはじまるとすぐにその波に取り込まれてしまった。

途中で入口から大輔さんがはいってきた。受付をさっと済ませ、こちらに軽く会釈して、空いていた席に座る。うしろの方の席ではあるが、久輝さんとは反対側のため、おたがいに気づいていないみたいだ。

大輔さんはこの話、どの程度知っているのだろうか。さっきの翼さんの表情からすると、会の終了後に久輝さんとぶつかってしまう可能性もある。まず大輔さんにこのことを伝えたいけれど、イベント終了後は物販コーナーも混雑するだろうし、わたしは身動きが取れそうにない。

どうしたものか、と思っているうちに日下部さんの朗読が終わり、今村さんが前に出た。暗いなか、ほんのりランプに照らされたその姿を見て、息を呑んだ。

会場に来たときとはまったく雰囲気がちがう。髪型も服も化粧もさっきのままなのに、吸いこまれそうなオーラを放っている。みんな引きこまれるように彼女を見つめた。

しずかに本を開き、声を発する。大きな声ではない。ややかすれた、細い声だ。しかし真っ直ぐにこちらの胸にはいってくる。いや、突き刺さってくる。生きる力をすべて声にこめたような、小さいが力のある声。いつのまにか久輝さんの一件を忘れて聞き入っていた。

途中のトークはほとんどなく、朗読だけが続く。最後に「ありがとうございました」と言って顔をあげると、今村さんは来場時の顔に戻り、魔法が解けたように会場の雰囲気もゆるんだ。

すごい迫力だった、と思い、ファンが多い理由もわかった気がした。

今村さんに代わって、優さんがマイクの前に立つ。なごやかなトークからはじまり、朗読にはいっていく。深く、身体の奥底に訴えかけてくるような声だった。

以前、みんなで神代《じんだい》植物公園に行ったときに優さんから木にあいさつするという話を聞いた。あのときは、詩人というのはわけのわからないものだと感じたが、こうして朗読を聞いているとなぜか納得してしまう。木と話すということが、ある種の真実なのだという気がしてくる。

今村さんや蛍さんの朗読は聞いているときにこちらまでひりひりと緊張した。優さんの朗読にはそれがない。自然体でゆったりと開かれている。だが、いつのまにか日常とは別の場所に連れていかれている。いろいろな形があるんだな、とその声に身をゆだねていた。

4

朗読が終わったあと、そのまま会場でフリートークタイムになった。

みなカフェで注文した飲み物を片手に談笑している。蛍さんのご家族は海月さんのことが心配なのだろう、朗読会が終わるとすぐに蛍さんのところに行き、すごく良かったよ、と言って、会場を出た。

ご家族と入れ替わりに鈴代さんたちが蛍さんに近づき、声をかけている。わたしも感想を伝えたかったが、物販コーナーが混み合い、お客さんの対応に追われていた。

やってきた大輔さんに小声で久輝さんのことを告げると、知ってます、と落ち着いた口調で言って、茜さんたちの方に歩いていった。

いつのまにか、優さんが久輝さんに近づき、「アカシア」の件を話しはじめている。比較的近い場所だったので、なにを話しているかはだいたいわかった。

久輝さんは、自分はむかし小説を書こうとしたことがあった、という話をしていた。詩と散文の中間のようなものだったので、新人賞などに応募することもなく、そのままになり、その後は短歌に集中するようになったのだ、と。

大学時代は写真部だったという話は聞いていたが、小説のようなものを書いていたというのは初耳だった。

久輝さんは、そのときの作品はさすがに未熟で公開する気にはならないが、最近は短歌におさまりきらない着想もあるので、せっかく「アカシア」という詩の雑誌に書くなら、そちらに挑戦したい、と言っている。優さんも、それなら一度書いたものを送ってほしい、と答えていた。

茜さん、翼さん、大輔さんは遠くから様子をうかがうだけで、久輝さんには近づかずにいた。遠いのでなにを話しているのかはわからないが、翼さんと茜さんが少しもめているような雰囲気で、大輔さんがそれをなだめているみたいだ。

やがて、久輝さんが優さんにお辞儀をして、入口に近づいた。荷物も持っているし、帰ろうとしているらしい。茜さんたちは、と思って見ると、翼さんがさっと入口の方に動き出した。茜さんと大輔さんが止めようとしていたが、かまわず、久輝さんを追ってカフェの外に出る。

茜さんもそれを追いかけていく。ちょうど物販の人の波が切れたところだったので、あわてて入口に近づくと、やってきた大輔さんが、大丈夫です、と言った。

「面倒なことがあると久輝さんはメールもなにも返さなくなるので、翼さんはいまここで話さないと、って焦ってるみたいで。でも、大丈夫です。これは僕たちの問題ですから、一葉さんは心配しないでください」

落ち着いた口調でそう言って、大輔さんも急ぎ足で店を出ていった。

しばらくするとほとんどの人は買い物を済ませたようで、物販コーナーに来る人も少なくなってきたが、会場を離れるわけにはいかない。

「一葉さん、今日はありがとうございました」

蛍さんがやってきて、そう言った。頬がほんのり赤くなっている。朗読後の高揚感が続いているのだろう。きりん座のあれこれには気づいていないみたいだ。

「蛍さんの朗読、すごくよかった。聞いてて思わず涙ぐんじゃったよ」

「ありがとうございます。はじめてですごく緊張してしまって……。わたしもちょっと泣いてしまいました。朗読者が感情をこめすぎるのは良くない、って朗読の先生に言われてたのに……」

「朗読の先生？　朗読、習ってたの？」

「いえ、習ってたってほどじゃないんですけど、前に大学で朗読の授業を受けたことがあったんです。ナレーターやセレモニーの司会の仕事もしている先生だったんですけど、朗読は演技とはちがう、聞き手の感情を動かすためには、朗読者はあまり感情を込めすぎない方がいい、って言われて。わかってたはずなのに、つい気持ちがおさえられなくなってしまって」

蛍さんが恥ずかしそうな顔になった。

「でも、その先生がおっしゃってたのは、ふつうの朗読でしょう？　ほかの人の書いた作品を朗読する場合の話で……。著者の自作朗読は別なんじゃない？」

「そうでしょうか。でも、わたしは松田さんの朗読がやっぱりすごいな、と思いました。松田さんは、自分の作品なのに、朗読するときはそこにある言葉にはじめて出合ったみたいに読むんですよね。だからかえって言葉の物量感が出る。朗読の先生の言ってたこととはまた意味がちがうんですけど、ああいう読み方に憧れます」

「たしかに言葉の重みがすごかったね」

そう言ってうなずく。

「もちろん、ほかの方たちの朗読もそれぞれ個性的で、すばらしいんですけど。今村さんはずっと憧れの詩人でしたし。今日はごいっしょできて感激しちゃって」

「蛍さんもすごく良かったよ。蛍さんは詩人なんだ、って思った」

「ほんとですか」

蛍さんは恥ずかしそうに笑った。

「はじめての体験というのは、一生に一度しかない貴重なものですからね」

優さんがやってきて言った。

「聴いてる側もその緊張に共鳴するんです。年を取ると自分自身がはじめての体験をする機会はどんどん減っていきますからね。だから、今回の蛍さんの朗読は、わたしたちにとっても貴重なものでした。『はじめて』を疑似体験して、胸がふるえました。アカシアのほかのメンバーもみんなそう言ってましたよ。今村さんもね」

優さんがそう言ってカウンターの方を指す。会の最中に朗読者の待機スペースになっていたあたりに、アカシアのメンバーが集まってこちらに向かって手を振っていた。松田さんが蛍さんを見て、ひょいひょいと手招きする。

「ちょっと向こうに行ってきます」

蛍さんはそう言って、カウンターの方に歩き出した。

「さて、そろそろ三十分経ちますし、こちらの会場はお開きにしましょうか」

優さんが腕時計を見ながら言った。朗読が素敵だったこととききりん座のあれこれで気持ちがぐらぐらして、時間が経ったことにも気づかずにいた。

「久輝くんはなかなか癖のありそうな人ですね」

優さんがにやっと笑った。

「きりん座のメンバーとなにかあったんでしょうか。蛍さんからちらっと話を聞きましたが」

こちらをうかがうように見る。どうやら優さんはさっきのきりん座のメンバーの様子に気づいていたらしい。

「すみません、わたしもくわしいことはわからないんですが……」

そう答えて目を伏せた。

「わかりますよ、なんとなく。表現者っていうのは、みんなまわりに繊細なガラスの棘《とげ》を突き出してますからね。ウニの棘みたいに」

優さんは両手の人差し指を動かしてウニの棘の真似をする。

「きっとその棘が魅力なんですよね」

「そうそう。その棘にみんな惹かれるんですよ。でも、ほんとは表現者だけじゃなくて、棘はみんなにあると思いますよ。表現者はそれをより鋭く研《と》いでいるだけ。鋭くすれば刺された相手は痛い。でも棘も脆《もろ》くなる」

鋭く研げば、棘は細く、薄くなる。刺された相手は痛いだろうが、折れやすくもある、ということか。

「久輝さんもそのタイプですよね。わたしは嫌いじゃないですよ。若いころはわたしもそうだったし、同じタイプの人間とはぶつかって大破しましたけどね。いまは一周まわってそういうことが輝いて見える。その痛みが生きることだって感じるから。一周どころじゃない、もう三周くらいまわってるか」

優さんが笑いながらわたしの目を見る。

「でも、人を傷つけないように生きることも大切なことですよ。相手の痛みがわかるということですから。清海はそういう人なんです。航人さんもそうですね。だからひとつばたごにもそういう人が集まる。ちょっとうらやましいですよ」

優さんが息をついた。

航人さんはそういう人……。たしかにそうかもしれない。ひとつばたごにいる人は、みんな相手との距離を考えながら、相手に向かって手をのばしている。連句の付け合いのように、かすかなつながりを大事にしている。

「棘を突き出している人も、丸めて鞘に収めている人もいて、どっちがいいってわけじゃないと思いますよ。人っていうのは、なるべき形にしかなれないと言いますか。自分で選べるわけじゃないんですよね」

選べるわけじゃない。そうなんだろうか。

「じゃあ、皆さんに声がけしますね」

優さんはそう言って前に出て、会場に残っている人たちに閉会のあいさつをした。みな帰り支度をはじめ、鈴代さんたちも満足した顔で会場を出ていった。

5

カフェスタッフの真紘さんとアカシアのメンバーが会場の片付けをしているあいだに、わたしは泰子さんといっしょに今日の売り上げを整理した。アカシアの持ちこんだ本もよく売れていたようだ。残った本はほとんどなく、蛍さんの小さな本は完売になって、蛍さんは感激していた。

アカシアのメンバーはこれから二次会があるらしく、みんな上野の方に歩いていった。真紘さんから会場の隅にリュックがひとつ残っていると言われ、見ると大輔さんのものだった。

茜さんも翼さんも大輔さんも久輝さんも戻ってこないし、連絡もない。泰子さんには、持ち主がわかっているならとりあえず店で預かり、本人にその旨を連絡して明日以降に取りにきてもらうことにしようか、と言われた。

大輔さんにメッセージを送ってみたが、返事はない。泰子さんにはとりあえず連絡したんだから大丈夫じゃない、と言われたが、あのあとどうなったのかが気になって、ひとりでもう少し残って待ってみることにした。

泰子さんと真紘さんが帰っていき、ひとりでカフェの椅子に座る。帰り際に真紘さんが淹れてくれたお茶を飲みながら、ぼんやり連絡を待つ。店内を見まわすと、朗読会の情景が頭をよぎった。

朗読していた人たちはみな輝いていた。人を惹きつける力を持っていた。壇上に立ち、自分の作品を読む。それは自分の心が目の前の人たちにむき出しになるということだ。

すごいことだな、と思って大きく息をつく。そのとき、スマホが鳴った。見ると、大輔さんからメッセージがはいっていた。

——すみません、連絡が遅くなりました。お店はもう閉まってしまいましたか？

店は閉めたが、荷物を持ってカフェで待っているという旨を連絡すると、申し訳ないです、いまから取りにいきます、という返事が来た。

ほどなく、息を切らした大輔さんが店に戻ってきた。走ってきたみたいだ。

「申し訳ありません、すぐに返信できなくて」

大輔さんが頭を下げる。

「助かりました。明日使うものがリュックに入っていたので、もしみんな帰ってしまっていたら、どうしようかと」

「よかったです。片づけが終わってまだそんなに経ってませんから、気にしないでください。それより、そちらは大丈夫だったんですか」

わたしが訊くと、大輔さんはふう、と息をついた。

「大丈夫っていうのは微妙ですね。なにをもって大丈夫とするのかが……。とりあえず、結論から言うと、久輝先輩はきりん座を抜けることになりました」

「えっ？　そうなんですか」

「久輝先輩も前から考えていたみたいで、先輩自身は納得してます。そして、茜さんも……。うまく言えないですが、それでいい、と言ってました」

「翼さんは？」

「うーん、まだ考えがまとまっていない感じですね。でも、茜さんがそう言うなら仕方がない、と言っていたので、ゆくゆくは落ち着くんじゃないかと」

「そうなんですね」

大輔さんがあずきブックスを出てからのことを簡単に説明してくれた。

休憩時間に久輝さんがいることに気づいた翼さんは、イベント終了後、久輝さんと話しにいく、と茜さんに言った。茜さんはこの場を乱すわけにはいかないと止めたが、翼さんはこの機会を逃したら連絡がつかなくなる、と反対した。

久輝さんが会場を出ていこうとするのを見た翼さんは、反射的にそれを追って外に出て、茜さんと大輔さんもそれを追った。ここまではわたしも見た通りだ。

久輝さんは逃げるわけでもなく、あとから来た翼さんにすぐにつかまった。翼さんは七実さんが未加里さんの一件で怒っていることを告げ、どう思っているのか問い詰めた。久輝さんはあれは自分には責任がない、未加里さんが勝手に感情的になって連絡を絶っただけ、と切り捨てた。

翼さんは、ふたりのあいだになにがあったかはわからないが、そのことが原因できりん座の活動に支障が出たこと、七実さんはそれ以前から久輝さんがきりん座の活動に非協力的であることに腹を立てていた、ということを伝えた。

それを聞いた久輝さんは、即座に、じゃあ自分はきりん座をやめる、と言い切り、驚いた翼さんはそれはいくらなんでも無責任だと言って久輝さんを責めた。

だが久輝さんは、自分がきりん座にいたのは研鑽《けんさん》のため、決して居場所探しではない、書くというのは結局のところひとりの作業で、最近のきりん座のメンバーには「安住の地」を求めるような雰囲気があって馴染めない、と主張した。

返答に窮した翼さんは、それまで黙っていた茜さんに意見を求めた。茜さんは久輝さんに、きりん座を離れることとは未加里さんのことと関係なく前から決めていたのか、と訊いた。久輝さんがうなずくと、なら仕方がない、と答えた。

翼さんがあわてて、ほんとうにそれでいいのか、と問い詰めた。茜さんは、続ける気がない人を引き留めてもどうにもならない、と言い、久輝さんに落ち着いた口調で、自分の道を歩めばいい、と言った。

久輝さんはそのまま去っていったらしい。翼さんはもう一度茜さんに、これでいいの、と問いかけたが、茜さんが泣いているのを見て言葉を引っこめた。

わたしは訊いた。

「それで、いま茜さんと翼さんは？」

「茜さんは帰るって言って……。翼さんは心配だから茜さんを駅まで送るって」

大輔さんが答えた。

「それは……たいへんでしたね」

経緯を考え、もっと気の利いたことを言いたかったが、部外者のわたしがなにを言おうと、見当ちがいになるだけだろう。だが、この前の茜さんとの会話を思い出すと、久輝さんに対する茜さんの対応は理解できる気がした。

「僕はきりん座が発足したときからのメンバーですけど、オマケみたいなものでしたからね。その前からいっしょに短歌の活動をしている四人の輪にははいれなかった」

大輔さんが息をつく。

「実は久輝先輩は大学時代の写真部でもいろいろあったんですよね。でも、僕はなんとなく惹かれるところがあって。先輩は正直なんです。『歯に衣着《きぬき》せず』で、思ったことをはっきり言う。毛嫌いする人もいたけど、僕は表現者には必要な資質なんじゃないかと思って。なぜか先輩も僕のことはかわいがってくれたんですよ」

大輔さんが思い出すように言った。

「短歌の話もよくしてたんですよ。僕がそういう自己表現は苦手だと言ったら、なぜか睡月さんの連句会に連れていってくれたりして。連句はすごくおもしろくて、自分の短歌の仲間でも連句を巻くからいっしょにどうだ、って誘われていったのが、茜さんたちと出会ったきっかけで」

「そうだったんですね」

「先輩は尖《とが》った人ですからね。茜さんたちともうまくやってるように見えて、少しぎすぎすしているところもあったんですね。とくに翼さんとはぶつかりそうになることも多々あって。だから、僕もそのグループにはいることにしたんです。少しでも緩衝材になるかな、と思って。それで、きりん座が発足した」

「緩衝材に……？」

そんなことを考えていたのか、と驚いた。

「あの四人のつながりのなかにはいれないってわかってましたから。四人とも強い力を持っていて、その力でつながりあってる。いい感情だけじゃないと思います。おたがいに劣等感や優越感を持ったり、嫉妬もあっただろうし。でもそれ全部込みでつながりあっている。強い結びつきだけど、近づきすぎたら崩壊するかもしれない。だから緩衝材が必要だって」

「でも、なぜそこまで……」

「なんとなく久輝先輩にとってこの場が大事だと思ったんですよね。久輝先輩は、表現はひとりでするものって言ってましたけど、連句は楽しんでいたし、あの四人のつながりも大事だったんだと思うんです。そのことの意味が、茜さんたちと付き合うなかでだんだんわかってきて。茜さんも翼さんも一宏さんも、みんななにかを抱えてて、自分を支えるために創作をしてる。その上で、きりん座のつながりを大事にしてるんだな、って」

「それが崩れてしまったということですか」

「少し前から兆候はありましたし、そろそろこうなる気がしてました。茜さんも予感じてたんだと思います。時がやってきたってことなんだな、って。翼さんもたぶんしばらくしたら受け入れるでしょう」

大輔さんが目を閉じる。

「茜さんは全然泣かない人ですからね。翼さんは茜さんが泣いているのを見て、かなりショックを受けてたみたいで。茜さんよりむしろ翼さんの方が心配です」

「きりん座は大丈夫なんでしょうか？」

「七実さんはもともと茜さんたち四人のつながりについてはよく知らないですし、征斗もなんとなく参加してるだけでしたから、いざこざがあったら離れてしまうかもしれませんね。一宏さんも、創作から距離を取りたがっている雰囲気がありますし。それはそれで仕方がないことだと思いますが、僕は茜さんや翼さんが続けるなら、きりん座に参加し続けるつもりです」

「そうですか、よかった」

ほっとしてそう答えた。

「え、なぜですか？」

大輔さんがはっとしたように言う。

「あ、いえ、すみません、部外者なのに。でも、前にきりん座を訪ねたとき、すごく素敵な場だと思ったんです。だから、あり続けてほしい気がして……」

言いたいこととちょっとちがう気がして、そこで言葉を止めた。

「優さんが言ってたんです。アカシアも十五年も続けていて、初期のメンバーからはだいぶ変わったって。でも日下部さんと優さんが続けたいと思っているから続いている。ぶつかったり離れたりすることを恐れちゃいけないんですよね、きっと」

「表現者は自分の気持ちには正直でいないと。いや、そもそもそういう人だから表現を志すのかもしれないですけど」

「きりん座の人たちの歌集の話を聞いたときも感じましたし、今日の朗読でも思ったんですけど、表現するってすごく勇気のいることですよね。世界を相手に戦いを挑むみたいな」

「そうですね」

大輔さんがうなずく。

「それぞれの向かう道がいちばん大事で。だからこそきりん座のような場が貴重だというか、だれかが意志を持って大事にしていないと存在し得ないんだと思いました。先月、ひとつばたごにいらしたとき、茜さんといろいろ話したんです。それで、だれよりも茜さんがきりん座を大事にしてたんだな、ってわかって」

「はい。でも僕は久輝先輩の言ってたこともわかる気がするんです。きりん座自体を安住の地にしちゃいけないんだな、って。茜さんも翼さんもきっとそれは感じていると思います」

「むずかしいですね」

「でも、むずかしいと感じるというのは、手応えがあるということですよね。なんでもするする進むようになったら、それはなにかが麻痺してるってことだと思います。進んでいるからこそ手応えがある。僕はそう信じてます」

そうなのかもしれない、と思いながら、ゆっくりとうなずいた。

6

次の週末はひとつばたごの定例会だった。場所は大田文化の森。いつものメンバーが全員そろい、お菓子は定番の「空也《くうや》もなか」。変わらない雰囲気にほっとした。

おやつタイムにはオンライン連句の話も出た。陽一さんの提案で、オープンなSNSではなく、登録した人だけが参加できるコミュニケーションアプリを使うことになった。

陽一さんによると、茜さんから参加してくれそうな人のリストが送られてきたらしい。元気かどうかはわからないけれど、茜さんがちゃんと活動していることがうれしかった。

次の文芸マーケットは五月。そこに合わせて雑誌を作ることを考え、オンライン連句会の開催は三月上旬と決まった。

蒼子さんは以前のSNS連句でつながった人たち、悟さんは短歌の仲間、鈴代さんは会社の同僚、萌さんは子どもサークルの仲間、蛍さんは大学の知人にそれぞれ声をかけてみると言い、あずきブックスにもチラシを置くことになった。

「話してみたら、参加してみたい、っていう人がけっこういるんですよ」

萌さんが言った。

「みんな、なにか作ってみたいっていう気持ちはあるけど、形にする機会がないんですよね。子育て中で、仕事もあったりで、自分のために長い時間を取るっていうのはなかなかできなくて」

「そうよね、どうしても細切れになっちゃうから」

蒼子さんがうなずく。

「だから、巻いてるあいだ通してずっとは無理だけど、できるときだけ参加する形でいいならありがたい、って。それに、無から生み出すのは辛いから、お題がある方がいいらしいんです。連句は前の句から連想して付ければいいんですよ、って話したら、それならできるかも、って」

「なるほど、無から生み出すのが辛いっていうのはちょっとわかりますね」

直也さんが笑った。

「みんな日常に追われてますからね。急に完全に頭を切り替えるのはなかなか……。でもSNSのだれかの投稿に反応することはできる、みたいな」

「ああ、たしかに。それに似てるかもしれないですねぇ」

鈴代さんが大きくうなずいた。

「みんな日ごろ人に言えずにいることってたくさんあるのよね」

桂子さんが言った。

「愚痴とかですか？　わたしはけっこう話しちゃってますけど」

萌さんが笑いながら言う。

「愚痴とか噂はむしろ話しやすいのよぉ。相手が興味を持てば話題も続くし。それより今日見た花がきれいだったとか、変わった形の雲を見たとか、ちょっと心がほっとするような話とかね」

「ああ、たしかに。話しても、それで？　ってなりそうですね」

萌さんがうなずく。

「自分にとってほんとに大事なことも人には話しにくいですよね。こんなこと話しても、相手も反応に困るだろうって思うし」

蒼子さんが言った。

「だからみんなSNSにあげるんですよね」

鈴代さんが笑った。

「そういう気持ちを表現する場ってなかなかないですよね。今回は知り合い経由でメンバーを募集しますけど、もっと広く呼びかけることもできると思うんです。そのときは、そういうところを企画のキャッチコピーにするのもいいかもしれませんん」

陽一さんが提案する。

「なるほどぉ。『日々のつぶやきでつながろう！』みたいな？」

萌さんが言った。

「つながる、だけだと、SNSとどうちがうの？　ってならない？」

鈴代さんが訊く。

「じゃあ、『みんなの日々の想いをつないで連句に』とか？　ちょっと理屈っぽいかな」

萌さんが首をかしげる。

「そもそも『連句』がわかりにくいっていう問題もあったよね。連句という言葉は出さずに、ここはもっとイメージでいいかも」

鈴代さんが言った。

「『心のかけらをつないで詩を作ろう』とかはどうですか？」

横から蛍さんが言う。

「おお、蛍さん、さすが詩人！」

鈴代さんが拍手する。

「いまの人たちの傾向を考えると、遊戯的っていうか、もう少しゲーム的な要素を前に出しても良いかもしれないですね」

直也さんが言う。

「まあ、それはあとでゆっくり考えるとして……」

陽一さんが笑った。

「まとまった時間もないし、そこまで集中してがんばれないけど、なにか表現したいことはあるという人たちはたくさんいると思うんですよ。そういう人の受け皿になれるとすれば、すごく意味のある活動ですよね」

悟さんの言葉に、みんなそうだね、とうなずいた。

――でも、人を傷つけないように生きることも大切なことですよ。相手の痛みがわかるということですから。清海はそういう人なんです。航人さんもそうですね。だからひとつばたごにもそういう人が集まる。ちょっとうらやましいですよ。

優さんの言葉を思い出した。わたしはひとつばたごが好きだ。ここでみんなのなかにあるものを受け止めることで、自分を見つめ直すことができる。そして、いまはそれでいいのかもしれない、と思った。


名残の表の十一句目の月から秋の句が続く。

名残の裏の一句目は桂子さんの「蔦紅葉《つたもみじ》昔の我と遊ぶ夕」で、そこで秋が終わった。最後の花までは季節のない雑の句で、蒼子さんの「針仕事するやわらかな指」、直也さんの「縁側に囲碁打つ音が響きおり」、鈴代さんの「鯨《くじら》のような雲が浮かんで」と続いた。

「さて、じゃあ、次は最後の花。せっかくですから、できるだけ皆さん作ってくださいね」

航人さんが微笑む。

前の句は雲を詠んだものだから、なんでも付けられる気がする。大きな雲が動いている様子に合わせて、大きな風景を詠んでみようか。

打越は囲碁の句で、音が響いているだけだから、場の句ととらえていいのだろう。となると、ここは人のいる句にしないといけない。大きな風景で、人もいて、花もある。

流れる雲を想像するうちに、大学時代に友だちと東北を旅したときのことを思い出した。列車の旅だ。東京より雲が低く、広い川面に雲が映っていたのをよく覚えている。短冊に「車窓より川辺の花を眺めつつ」と書き、航人さんの前に出す。

ほかの人たちも次々に短冊を出し、航人さんの前にはずらりと短冊がならんだ。

「いいですねえ。花盛りって感じだ」

航人さんが目を細め、短冊を順に見ていく。

「どれも素敵な句ですが、今回はこれにしようと思います。『大学の花に別れを告げながら』。これはどなたですか?」

航人さんがみんなを見まわすと、蛍さんが手をあげた。

「むかしは桜というと入学式のイメージでしたが、最近は三月のうちに咲くことが多くて、むしろ卒業シーズンの花になりましたよね」

航人さんが言った。

「そうなんです。うちの大学は門をはいってすぐのところに桜があって。去年も卒業式の時期に咲きました。この前、大学に行ったときに桜の木を見て……。この桜が咲くのを見るのも今年で最後なんだな、と思って」

蛍さんが答える。

「来週卒論の口頭試問で大学に行くんですけど、たぶん大学に行くのはそれが最後で。あとは卒業式だけなんですね。入学したのがついこないだみたいな気がするのに、もうほんとに終わりなんだってちょっとさびしくなってしまいました」

「大学出るときって、わたしもすごくさびしかったなあ。もうこういうよりどころがなくなって、ひとりで歩いていかないといけないんだ、って思ったし」

「小学校からずっと続いていた学生時代の終わりですからね。緊張もしたし、みんな平気なふりをしてたけど、卒業パーティーのあとの飲み会が終わったら、なんか泣けてきちゃって」

鈴代さんと萌さんが言った。

「でも、まあ、人生そこからだから。まだまだ先は長いのよ」

桂子さんがふぉふぉふぉっと笑った。

それぞれの大学の思い出話が続き、にぎやかな笑い声が響く。それを聞くうちになぜか「春の野原を一歩ずつ行く」という句がするっと出てきた。句を書いた短冊を出すと、航人さんが、じゃあ、ここはこちらに、と言って取ってくれた。

卒業式のあと、卒業証書を持って大学の前の坂道を歩いたことを思い出した。仲のいい友だちといつものように笑いながら。でも、もう同じ場所に通うことはないと知っていた。さびしかったけれど、ひとりでもちゃんと歩いていこうと心のなかで何度も唱えた。

きりん座の茜さんや翼さん、一宏さん、久輝さんの顔が浮かんだ。ずっといっしょに過ごしてきた四人。一度別れても、いつかまた集うこともあるのだろうか。

蔦紅葉昔の我と遊ぶ夕　　桂子
　針仕事するやわらかな指　　蒼子
縁側に囲碁打つ音が響きおり　　直也
　鯨のような雲が浮かんで　　鈴代
大学の花に別れを告げながら　　蛍
　春の野原を一歩ずつ行く　　一葉

連句会が終わったあとの二次会で、蛍さんから久輝さんが「アカシア」で書くことになったという話を聞いた。蛍さんに余計な心配はさせたくなかったので、この前のきりん座の一件は黙っておくことにした。

「久輝さんも癖が強そうですよね。でも、この前朗読会に出て、書き手というのはそれくらい強くないとダメなんだな、って思いました」

蛍さんが言う。

「アカシアのメンバーもやっぱりそれぞれ主張があって、おたがいに譲らないところもあるし。でも、皆さんやっぱり大人で、尊敬できるんです」

「でも、そこに来るまでいろいろあったんだと思うよ」

「優さんもそうおっしゃってるんですけど……。自分はまだまだだなってへこむことも多くて。社会に出てやっていけるかも心配になってきました」

蛍さんが不安そうな顔になる。さっき鈴代さんや萌さんも言っていたけど、社会に出るときはわたしもなにもわからず不安でたまらなかった。

「大丈夫だよ。蛍さんは蛍さんなりにやってけばいいんだから」

「そうですね。心配してもどうにもならないですよね」

蛍さんが笑顔を作る。

「そうだよ。未来のことはわからないんだから。みんな同じだよ」

蛍さんに答えながら、自分にもその言葉を言い聞かせていた。

梅の咲く庭

1

二月にはいってすぐの土曜日、「あずきブックス」に陽一さん、鈴代さん、萌さんが集まって、オンライン連句会の打ち合わせがおこなわれた。

別にあずきブックスである必要はなかったのだが、都心で場所を探すのもなかなかたいへんで、それなら三人とも馴染みのあるあずきブックスで、ということになったらしい。おかげでわたしも仕事の合間に少し顔を出すことができた。

オープンなSNSはコントロールがむずかしいということもあり、陽一さんの発案で、コミュニケーションアプリを使うことになった。陽一さん自身は馴染みのないツールだが、まわりに相談したところゲーム好きの知人に紹介されたのだという。

特徴は、ボイスチャットとテキストチャットを併用できるところ。オンラインゲームが好きな人たちは、このツールでやりとりしながらゲームを楽しんでいるらしい。陽一さんは一度試してみて、オンライン連句にも向いているのではないかと判断したのだそうだ。

「ほかにも音声通話ができるツールはいろいろありますが、このアプリは無料ですし、あとでテキストチャットがたどりやすいんです」

アプリは登録制だが、登録も利用も基本的には無料らしい。鈴代さんが会社で使っているビジネス用のコミュニケーションアプリと使い方は似ているが、そちらは有料版でないと全員での通話はできないとのことだった。

「サーバーのなかにさらに部屋を作って、部屋ごとに通話とテキストのやりとりをすることができます。集まった人数にもよりますが、三十人くらいは集まりそうですから、全員で巻くよりいくつかの部屋に分かれた方がスムーズかもしれません。連句の基本はあらかじめテキストで大部屋に書きこんでおいて、最初は参加者全員に大部屋に集まってもらって、テキストの説明を見ながら音声で連句の基本を解説します」

陽一さんが言った。

「そうだねぇ。グループ分けはした方がいいかも。三十人いたら、歌仙でもひとり一句くらいしか付けられないもんね」

鈴代さんがうなずく。

「解説が終わったら部屋に分かれて、それぞれのグループで連句を巻いていく。音声のチャンネルだけでなく、テキストのチャンネルも部屋ごとに分けられるので、説明や、質疑応答は音声でおこなって、投句《とうく》はテキストチャンネルに出してもらうことができます」

「そのグループの人たちは同時に出された句が見られるってことですよね？」

萌さんが訊いた。

「そうですね。投句用のチャンネルとは別に、選んだ句を掲示するチャンネルもあるといいかもしれません。僕たちが連句を巻くときのホワイトボードの役割を果たすチャンネルですね」

「参加している側はふだんは投句用のチャンネルを開いておいて、前を確認する場合はチャンネルを切り替えてホワイトボードを見ればいいわけですね」

鈴代さんが訊くと、陽一さんが、そういうことですね、と答えた。わたしは馴染みがないが、鈴代さんは会社で、萌さんは学校のＰＴＡなどの連絡でなにかしらコミュニケーションアプリを使っているようで、話はすいすい進んでいる。

「仮に三十人だとしたら、三部屋に分かれて一部屋十人程度ってことか」

萌さんが言った。

「その人たちが全員最初から最後までいるわけじゃないと思うんですが……。でも、まだ増える可能性はありますし、三部屋はあった方がいいかもしれないですね」

陽一さんが答える。

「ってことは、捌きが三人必要ってことですよね。どうします？　航人さんと桂子さんは外すとして、捌きができる蒼子さん、直也さん、悟さんに頼みますか？　蒼子さんはSNS連句もしてましたし、直也さんもネットにはくわしそうですし」

萌さんが言った。

「いや、ここは僕たちにまかされたわけですから、僕たちがやるべきなんじゃないでしょうか」

陽一さんが即座に答える。

「え、僕たちって、わたしたち三人のこと？」

鈴代さんがぎょっとした顔で陽一さんを見る。

「そうですよ、この企画がはじまったときから考えてたんです。僕らは『ひとつばたご』にはいったときからずっと蒼子さんにお世話になりっぱなしで……」

「そうだね。場所の予約もメンバーへの連絡も蒼子さんにしてもらってるし、わたしたちはただ会場にやってきてお茶の準備をするくらいで……」

鈴代さんが申し訳なさそうな顔になる。

「雑誌を作りたいって言い出したのもわたしたちですもんね。やっぱりここはわたしたちがやるべきですかね」

萌さんもふんっとうなずく。

「航人さんは雑誌の件、賛成はしてくれましたが、自分からあまり積極的に発言しないじゃないですか。そこもなんとなく、僕たちで進めてほしい、っていう意思表明なんじゃないかという気がしていて……」

「意思表明?」

陽一さんの言葉に、萌さんが首をかしげた。

「僕たちはずっとひとつばたごに通って、いろいろなことを学ばせてもらってますよね。ずっと学生の立場っていうか。すごく有意義で、自分にとってプラスになると思ってましたけど、それって自然なことじゃなくて、やっぱり航人さんや桂子さん、蒼子さんがいろいろ配慮してくれているからなんだと思うんですよ。集団ってだれかの努力によって成立するものだと思いますから」

「その通りだね。みんな同じように集まって句を出しているって錯覚しちゃうけど、あの場を作っているのは航人さんで、わたしたちの方はいつも教えてもらってるだけなんだよね」

鈴代さんが息をついた。

「ひとつばたごに通うようになったとき、月謝というか受講料のようなものはないのか、航人さんに訊いたことがあったんです。でも航人さんに、自分も『堅香子』でそういうものを払ったことはないから、と言われて……」

陽一さんが言った。

「そうか、習いごとみたいなものなんだから、ふつうはお月謝を払うよね」

鈴代さんが言った。たしかに習いごとならみんな月謝を払う。でも、ひとつばたごにはそういうものはない。会場費もお菓子代も割り勘だ。

「航人さんは、これは遊びですからね、って。自分は冬星さんから豊かな遊びを教えてもらった、だからそれを後進にも伝えたい、それに月謝や受講料を受け取ってしまったら自由な集まりじゃなくなってしまうから、っておっしゃって。航人さんには連句への愛があって、そのための活動だと思うんです。でも、自由な集まりだからこそ、僕たちも自分にできることを探して、それを引き受けていくことが大事で……。治子さんのお菓子番もそうだったんだと思いますし、蒼子さんが連絡関係を引き受けているのもそういうことなんじゃないかと」

陽一さんの言葉で、そうか、祖母がお菓子番を名乗っていたのも、それが自分にできることだと思ったからなのか、と気づいた。

「そうだね。でも、できるのかな、捌き……」

鈴代さんが困ったように笑った。

「僕たちが言いはじめたことだし、ここで上の人たちを頼ってしまうのはちがうと思うんです。僕も捌きは不安ですが……」

「ここはわたしたちで踏ん張るべきなんだけど……。自信ないなあ。式目《しきもく》はおさらいするとしても、句の意味をちゃんと汲《く》み取れるかどうかが問題で……」

鈴代さんが宙を見あげる。

「そう、そこなんですよ。わたしも去年の大会で捌きを体験しましたけど、そこがいちばん不安で。あのときは同じ座に航人さんがいてくれたじゃないですか。完全にひとりでできるかと言われると不安しかないです」

萌さんが言う。

「でも、そうしたら、捌きはあくまでも鈴代さん、陽一さん、萌さんがするとして、連句大会のときみたいに、蒼子さんや直也さんにサポートにはいってもらうのはどうですか？　同じ座にはいってもらって、困ったときは相談する、みたいな」

わたしは提案した。

「なるほど、そうですね、連衆に対する説明や、句の選択は僕たちがおこなう。でも、どうしても迷ったときだけ、先輩に相談する。あのアプリならダイレクトメッセージや相談用の別チャンネルを作ることもできますから」

陽一さんの表情があかるくなる。

「先輩たちだけじゃなくて、一葉さんや蛍さんに同じチャンネルにいてもらえたら安心ですよね。式目を覚えたつもりでも、実際に連衆から句がたくさん来ると、焦って頭が真っ白になっちゃったりするんですよ。見落としがあったときに指摘してくれる人がいれば……」

萌さんがわたしを見た。

「もちろん、わたしもできることはお手伝いします」

わたしはうなずいた。できることをしなければならないのはわたしも同じだ。

「蛍さんは大学関係や研修で参加できない可能性もあると思いますが、できる範囲で協力してもらうようお願いしてみます」

陽一さんが言った。

「そうだね、責任はわたしたちが持つけど、全部背負いこむのもよくないよね」

鈴代さんもうなずいた。

2

数日後、大輔さんから電話があった。この前は迷惑をかけてしまって、という謝罪のあと、「きりん座」で話したことを伝えてくれた。

結局あのあと数日経って、翼さんから茜さんと大輔さんに、久輝さんが抜けても自分はきりん座を続けたい、というメールがあったらしい。久輝さんに言われたことで思うところもいろいろあったけれど、きりん座の活動をより良いものにしていくことが、いまの自分にとって大事なことだと思う、と書かれていたそうだ。

茜さんもそれに対して、だれがいなくなってもきりん座を続けていくつもりでいた、でも翼さんは残ってくれると信じていた、と答えた。その上で、一宏さんや七実さんにも久輝さんが抜けることを説明した。

「それで、一宏さんたちはなんて？」

「一宏さんからはすぐに自分も続ける、という返事が来て……。一宏さんも久輝先輩が抜けることはなんとなく察していたみたいだったんです。自分も若いころとは創作への気持ちが変わってきていて、結婚を控えていろいろ考えていたところだったけれど、それは短歌への向き合い方が変わるということで、やめるということではない、これまで大事にしてきたきりん座の活動も続けたい、と」

「七実さんは？」

「七実さんはだいぶ迷っていたみたいで、なかなか返事が来なかったんですが、一昨日ようやく、とりあえず創作は一回休む、というメールが来ました」

「創作は一回休む？」

「はい。七実さんは、以前から同人活動に少し疲れを感じていたらしくて。久輝先輩の気ままな態度が原因だったみたいですけど、それより、自分がきりん座にいる意味がわからなくなってしまった、と。七実さんは連句には参加してますけど、短歌は作らないですから。エッセイも勧められていますけど、まだ書けずにいて」

「そうなんですね」

「でも、雑誌の『きりん座』を作るのは好きで、自分がしたいのはブックデザインの方なのかもしれない、と。だから、連句も含めて創作はいったん休む、ただ、編集作業はやります、と言ってくれました。正直、七実さんが編集をやめてしまうと一宏さんの負担が重くなりすぎると思っていたので助かりました」

「連句もやめてしまうんですか。七実さんの句もよかった記憶がありますが……。強い個性はないかもしれませんが、物語性があるというか……」

最初にきりん座で連句を巻いたときの「朝霧のなか帰宅する人」という句を思い出した。

「七実さんの句はなんとなくひとつばたごの感覚に近い気がして……」

ほかの句も、ひとつばたごで出てきてもおかしくないような気がしていた。

「そうなんです。七実さんの句はさらっとしてるけど、七実さんの句のおかげで前後がうまくつながるところがあって。航人さんは軽い句を重視されてますよね。前にひとつばたごに行ったときにそう感じて、考えたら睡月さんのところでもそうだったな、と。軽い句も必要ってわかっていても、きりん座はみんなどうしてもキレのいい句を目指してしまうので」

「わかります。茜さんたちの句はみんな緊張感がありますよね」

「だから、七実さんや僕、それから征斗のちょっと抜けた句があることでバランスが取れるところもあって。僕はそれが自分のいる意味だと思ってますけど、七実さんはそこにもちょっと複雑な気持ちがあるみたいです。いつだったか、軽い句担当になってしまうと負けた気がする、って」

「なるほど……」

ひとつばたごだと、俳人の桂子さんや歌人の悟さんもいるし、年齢的にも上の人たちにはかなわなくて当然みたいな感覚がある。だが、年齢が近いと競争意識が働くのだろう。

「征斗さんはどうなんですか？」

「征斗は大丈夫です。今回の件は僕から話したんですが、伝えてもあまり動じませんでした。久輝先輩のことはすごい人だと思ってるみたいですが、同時に面倒な人だということも理解していて、なんとなく距離を取ってますし。征斗はある意味クールなタイプなんですよ、離合集散はあって当然って言ってましたし」

「そうなんですね」

「征斗はきりん座のほかのメンバーとはちょっと感覚がちがうんです。『きりん座』

でもゲーム関係のコラムを書いていて……」

そういえば、征斗さんは「きりん座」でゲーム評論のようなものを書いていた。まわりとは雰囲気がちがうが文章は達者で、ゲームのことをよく知らないわたしでも、なんとなく全部読んでしまった。

「ほかとは毛色がちがいますが、征斗の文章もけっこう人気があるんですよ。ネットでも文章をいろいろ公開してるので、征斗のコラムを目当てに『きりん座』を買いにくる人もいるくらいで。連句もよくわからないけどゲーム性があって楽しい、って感覚なんですね」

「コラムにもそんな話が出てきましたね」

思い出してそう言った。

「そういうわけで、久輝先輩が抜けて、七実さんが連句に参加しないだけで、次号は以前と同じような形で発行することになると思います。茜さんはこれを機会に雑誌のあり方ももう一度考えたい、って言ってますが、やめるとか縮小するとかいう方向ではなく、バージョンアップしていく、みたいな感覚だと思います」

「バージョンアップ……」

「みんなはじめたときとは年齢も人生のステージも変わってきていますからね。創作への向き合い方もそれぞれ以前とはちがう。それを踏まえたあたらしい形にしたい、ということなんだと思います。七実さんも、一度休んでゆっくり考えたい、とは言ってましたが、やめたいわけではないと思うんです。自分なりにスタンスを決めてからあらためて、ってことかと」

よかった、と少しほっとした。

「ずっと休みなく雑誌を作り続けてきたじゃないですか。年に二回っていっても、メンバーそれぞれ仕事もあるし、けっこうあわただしいんですよね。一冊作り終わるとすぐ次を考えなくちゃいけない。立ち止まって雑誌自体を見直す時間が取れないんです。それでこれまでずるずる続けてきてしまった。今回は文芸マーケットも申しこんで予告もしてるから、前回と同じように出しますが、次回は一度休むかもしれないです。そこでそれぞれ区切りをつけて、心機一転で再スタートってことになるかと」

「たしかに同人誌というのは、なによりも自分たちのために出すものですもんね。自分たちにとって意味のある形にしていかないと……」

「ええ、ほんとにその通りだと思います。作りはじめるとどうしてもルーティンになっていくところがあって。僕自身も自分の雑誌を作る上で、そのあたりをちゃんと考えないといけないな、と思い直したところです」

大輔さんが言った。

「そういえば、ひとつばたごでオンライン連句会を開催するんですよね。茜さんから聞きました。僕も参加したいと思っているんですが、どんな状況なんですか？」

大輔さんに訊かれ、これまでに決まったことを話した。

「ああ、そのアプリは征斗がよく使っているやつですね」

コミュニケーションアプリのことを話すと、大輔さんがそう言った。

「そういえば、ゲームをする人がよく使うものだって聞いたような……」

「ええ。ビジネスではあまり使いませんが、征斗によるとゲームをする人はたいてい知ってるとか。ひとつばたごにもゲーム好きの方がいるんですか？」

「いえ、そうじゃないんです。陽一さんが知り合いから教えてもらったとか。使い勝手を試して、連句に良さそうだと判断したみたいですけど、使い慣れているわけではないみたいです」

打ち合わせのときのことを思い出しながら答える。

「そうなんですね。そしたら征斗も誘っておきます。茜さんからオンライン連句の話は聞いてると思いますが、自分にはあまり関係ない話だと思っているみたいでしたから。でも、そのアプリを使うとなれば、征斗の力を借りた方がいいと思います。参加者のなかにはそうしたアプリに不慣れな人もいると思いますし、なにかあったときに征斗がいれば対応できますから」

「いいんですか？」

「ええ。そのアプリを使うとなれば、征斗も俄然興味を持つと思うんですよ。以前きりん座の席で征斗が、連句のためにわざわざ集まらなくてもオンラインでできるんじゃないかって提案したことがあって。そのときにこのアプリのことを言ってた気がします」

「そうなんですか？」

「連句会はきりん座の例会も兼ねてますから、顔を合わせた方がいいんじゃないかということで、その案は却下になったんですけど。でも、こういう入門者を含む大規模な会となれば、オンラインもいいですよね」

「そうなんです。大きな会場を借りるのは料金も高いですし」

「前回の連句の大会もそのあたりが大変でした。実際に人が集まる良さはたしかにあるんですけどね。それに、あの方法だとどこかの連句会に所属している人しか集められないんですよ」

「たしかにそうですね」

あのときは睡月さんから誘われたのだ。睡月さんがひとつばたごにやってきて、大会があるから参加しないか、と言った。

「その点、オンラインなら参加のハードルが低くなりますよね。遠方の人も参加できますし、部分参加もしやすい。でもこのアプリでいくなら、企画の段階から征斗に相談した方がいい気がします。サーバーの作り方も経験者の方が思いつくことも多いと思いますから。征斗はそういうのが好きだから、興味を持つと思います」

「ほんとですか？　準備段階も当日も、いてくれたらすごく心強いと思います。当日も捌きをする人たちは捌きで手一杯になってしまうと思いますし、ひとつばたごのほかのメンバーもサポートにはいる予定ですが、くわしい人はいないと思うので。ちょっと陽一さんたちにも訊いてみます」

「そうですね、わかったら教えてください。征斗にすぐ連絡します。それと、今度の大森の撮影の件なんですが……」

大輔さんと大森出身の父の写真部の後輩と父、三人でおこなう大森の坂の撮影の日程が決まったらしい。それがひとつばたごの定例会と同日で、撮影はたぶん午後の早い時間に終わるだろうから、そのあとできたらひとつばたごに顔を出したい、ということだった。

「もちろん大丈夫です。でもその日はちょっといつもと予定がちがっていて……」

少し前に連絡があったのだが、その日は蒼子さんの発案で連句会の前に池上梅園で梅見をすることになったのだ。

お昼前に集合して梅を見て、そのあとは近くの和食のレストランで食事会、いつもより遅い三時ごろから池上会館で連句を巻く、というプランになった。会場は十二月と同じ小研修室。はじまる時間が遅いので半歌仙になるらしい。

「じゃあ、連句がはじまるのは三時ごろってことなんですね」

大輔さんが言った。

「はい。ランチが終わってから移動なのでちょっと前後するかもしれないですが」

「撮影は八時スタートで、一時過ぎには終わると思います。そのあとお父さんたちとお昼を食べることになると思いますが、三時には着けるんじゃないかと」

「わかりました。そうしたら、航人さんたちにも伝えておきます」

そう答えた。

3

大輔さんから聞いた征斗さんのことを陽一さんにメールで連絡すると、陽一さんから、ぜひお願いしたい、という答えが返ってきた。

アプリについては自分の方でもできるかぎり習得しておくようにするつもりですが、自分は当日捌きになるため、ほかの座のことに目配りするのがむずかしいですし、自分の座の連衆がいるため、ほかの部屋でなにか起こったときに速《すみ》やかに対応することができません。

ですので、どこの部屋にも属さず、音声などのトラブルがあったときにすぐに動けるスタッフがひとりいてくれた方がいいと前から思っていました。

ただその場合、征斗さん自身は連句に参加できなくなってしまうのですが、それは大丈夫でしょうか。

それでかまわないなら、連絡先をうかがって、今後は直接やりとりできたらと思います。


メールにはそう書かれていた。そしてそのあと、次の連句会のお菓子に関する提案があった。


また、次の連句会のお菓子について、考えていることがあります。

こちらは僕の思いつきですので、もし一葉さんの方ですでにお菓子を用意されている場合はご放念ください。

僕は仕事の関係でよく茨城や福島に行くのですが、以前に茨城の知人からいただいたお菓子でとても印象に残っているものがあります。「亀じるし」という水《み》戸《と》のお店のお菓子で、「みやびの梅」というものです。

亀じるしは嘉永《かえい》五年創業という老舗で、梅を使ったお菓子で有名なのだそうです。とくに「水戸の梅」というお菓子の評判が高く、こちらも大変おいしいのですが、紫蘇《しそ》を使っているため苦手な方がいる可能性もあり、「みやびの梅」の方が安心かと思いました。

亀じるしのお菓子については、以前より、ひとつばたごのメンバーにも紹介したいと考えていたのですが、次の定例会では梅見に行くこともあり、梅づくしという形でこちらを準備することを思いつきました。

実は連句会の前の火曜から水曜にかけて仕事で茨城に行くことが決まっていて、そのときにお店に立ち寄り、購入することが可能です。

一葉さんのお菓子とは別に僕の方でもこちらを準備して持っていこうと考えていたのですが、蒼子さんに相談したところ、それなら今回は一葉さんのお菓子に替えてそちらでも、というお話をいただきました。

いつもお菓子の手配を一葉さんにまかせきりにしていることを自分としても申し訳なく感じていたのですが、お菓子にくわしいわけではないので言い出せずにいました。しかし、この「みやびの梅」についてはまわりでも好評ですので、自信を持ってお届けできます。

先に書いた通り、一葉さんの方ですでにご用意されているようでしたら、そのままで大丈夫です。「みやびの梅」は日持ちしますので、持ち帰っていただくこともできます。

また、そもそも一葉さんのお菓子とは別に持っていくつもりでしたし、亀じるしのお菓子は僕が仕事で向かう場所の近くで手に入れることができるので、わざわざ遠回りするということでもありません。

そのあたりはお気遣いなく、ご一考いただければと思います。


陽一さんのメールに添えられていたURLから亀じるしのサイトに行き、みやびの梅を見てみると、たしかにおいしそうだった。

水戸の偕楽園《かいらくえん》は梅の名所として知られている。亀じるしは、梅干しを中心とした漬物商からはじまり、梅を生かしたお菓子を作るようになったらしい。

返信には、大輔さんに征斗さんの意向を確かめてもらった上で連絡先を聞く、と書いた。お菓子についてもまだ準備はしていなかったので、今回は陽一さんのお菓子に振り替える形にさせてください、と書いて、お礼を添えた。

大輔さんに陽一さんのメールの内容を伝えるメッセージを送ると、翌日に返事があり、征斗さんは裏方としての参加でOKとのことで、メールアドレスも書かれていた。陽一さんに伝えると、ではこちらで進めます、という返信がきた。

ひとつばたごの梅見、大輔さんたちの大森の撮影があるため、一週間くらい前から天候が気にかかり、何度も天気予報をチェックした。冬型の気圧配置が続いていて当分雨が降る気配はなく、梅見も撮影も問題なくできそうだ。

父はこの日のために古い機材を引っ張り出したり、あたらしいフィルムを買ったり、ずいぶん前から念入りに準備をしてきた。道具やフィルムも以前より入手しにくくなっているようで、注文してから届くまで日数がかかると言っていた。

前回は久しぶりにカメラを持って、なにか撮れたら撮ろう、写真の出来についても期待しない、というスタンスだったが、実際に撮ってみるといろいろ記憶がよみがえってきたらしい。休日には外に出てカメラをかまえ、あれこれ試していた。

現像についても何度か写真部の先輩の堀田さんといっしょに例のレンタル暗室を訪れ、撮った写真を自分で現像してみたようだ。思い出せないところもたくさんあって、と苦笑いしていたが、自分で現像した写真を大事そうに見せてくれた。

今度の大森の撮影に付き合ってくれる大森出身の後輩というのは、桜井さんという人らしい。堀田さんといっしょに文芸マーケットにやってきて、堀田さんがオリジナルプリントに文章をつけて売るという話をしたとき「文章、つけられるんですか？」と笑いながら突っこんでいた人だ。

桜井は皮肉屋だけどカメラにはくわしいんだ、と父は言っていた。その桜井さんもせっかく撮影会に行くなら、とむかしのカメラを実家から引っ張り出してきたらしい。父とときどき電話で相談しながら準備をしているみたいだった。

「今回は中古でひとつレンズも買ったんだ。学生のころはお金がなくて買えなかったけど、いまはこれくらいならね」

父は得意げに言う。あれこれぶつぶつ言いながら荷物を整えているが、すごく楽しそうだ。ずっと仕事ばかりだったけど、趣味ができたのは良かったんじゃない、と母も喜んでいた。


連句会当日。父は朝早く出かけていった。わたしが起きるより前に家を出てしまったので顔は合わせなかったが、母から、ずいぶん楽しそうだった、と聞いた。

母も仕事に出かけ、わたしはひとりで朝食をとった。梅見のあとにはレストランでのランチが控えている。おいしくいただくために朝食は控えめにした。

コーヒーを飲みながら、時計を見ると八時半を過ぎている。もう大輔さんたちの撮影ははじまっているんだろうな、と思う。ポップの仕事関係で来ていたメールを返し、身支度をしてわたしも家を出た。

池上梅園には都営浅草線の西馬込駅から行く。広い国道沿いに歩いていくと、梅園に近づいたあたりから人が増えてきた。店もなにもない場所なのになぜ、と思っていたが、梅園の門の前でわかった。梅見のために梅園に人が集まっていたのだ。

園内の斜面に梅が咲き誇り、斜面をのぼる通路には人がならんでいるのが見えた。何度か池上梅園の和室で連句を巻いたことがあるが、梅の季節でなかったせいか、園内はいつも人が少なく、しずかだった。だが今日は全然ちがう。入口前に人だかりができていて、なんと園の前の駐車場には観光バスまでとまっている。

「一葉さん、こっちー」

鈴代さんの声がした。見ると、航人さん、桂子さん、蒼子さん、鈴代さん、陽一さんがこちらに向かって手を振っていた。

「すごい人出なんですね」

近づいて言うと、航人さんも蒼子さんもにこにこ笑ってうなずいた。

「ほんとよねぇ。考えたら梅の時期にここに来るのははじめてかもしれない」

桂子さんが言った。

「梅、きれいですよね。早くはいりたい〜」

鈴代さんが柵越しに園内をながめながら言う。

「冬のあいだ、花や葉っぱがありませんからね。こうして花が咲くのを見るだけで、なんとなく心が躍りますね」

　蒼子さんが微笑んだ。

「そうですねえ。梅を見ると、冬が終わって春になるんだなあ、と思います。花を見ると命を感じる。だから人を惹きつける力があるんでしょうね」

　航人さんも微笑みながら梅園のなかを見た。

「すみません、遅くなりました」

　道の方から声がして、見ると、萌さん、蛍さん、久子さんがそろってやってきた。久子さんの知り合いの歌人、啓《けい》さんもいっしょだ。

　せっかくの梅見だからと蒼子さんが久子さん、啓さん、柚子さんにも声をかけたらしい。柚子さんは仕事の都合でどうしても来られず、悔しがっていたそうだ。

　ひとつばたごのメンバーでは、直也さんは家の都合で欠席。悟さんは午前中に仕事関係の会合がはいっているそうで、連句会の途中から来るとのことだった。

「じゃあ、これでそろいましたね。入園券はさっき蒼子さんがまとめて買ってくれたので、皆さん一枚ずつ持ってはいりましょうか」

　航人さんが言うと、蒼子さんが入園券を配った。ランチ代もあるし、連句会の会場費も含め、精算はすべてまとめて連句会の会場で、ということになっていた。

　みんなチケットを手に園内に入場する。園の奥の斜面一面に梅が咲いていた。白い花、赤い花、さまざまな濃さのピンクの花。斜面だけでなく、園の手前の広場にある梅も咲き誇り、まだまだ寒いけれど、春だなあ、と感じた。

「きれいですねえ。やっぱり花はいいですね、気持ちがほこほこします」

蛍さんが斜面を見あげ、大きく深呼吸する。

「気持ちがほこほこ……」

久子さんが微笑む。

「素敵な表現だね。でも、すごくわかる。梅はほこほこするよね。胸のなかにあったかいものがぽこっ、ぽこって灯《とも》る感じ」

鈴代さんが言った。

「そうなんです。丸くて、あったかくて、心があかるくなります」

「そうだねえ。生きてるって感じだねぇ。梅もわたしたちも生きてる」

久子さんも笑った。

斜面をのぼる列に連なって、わたしたちも坂をのぼった。梅の花はかわいくて気高い。遠くから全体を見ていたときもきれいだったが、こうして連なった梅の木の下を歩いていると、梅の世界にはいってしまったみたいだ。

同じように木に咲く花だけれど、桜とはまたちがう。桜は咲きながら散るイメージがあって「ひらひら」「はらはら」という印象が強いが、梅はまさに蛍さんが言っていた「ほこほこ」という言葉がぴったりくる。

「不思議な風景ですねえ。国道のすぐ横なのに、ここだけがまわりから隔絶された梅の里みたいです」

　坂をのぼりきったあたりで啓さんが言った。

　鈴代さんも萌さんも、スマホをかまえて梅を撮っている。梅にもいろいろな種類があるようで、色や大きさや花びらの重なり方もちがう。どれもそれぞれにきれいで、いちばんを決めることはできない。

「それにしても、人がいっぱいですね」

　萌さんが言った。

「そうですね、この時期になると、庭に人があふれるんですよ。近隣の人でも、ここにはいるのは梅の時期だけ、っていう人が多いんじゃないでしょうか」

　航人さんが答える。

「それ以外の季節にしか来たことがないわたしたちは、公園の梅たちからしたら変なお客さんだったのかもしれませんね」

　蒼子さんが笑う。

「めずらしい客だから、僕たちのことを覚えてくれているかもしれませんよ」

　航人さんも笑った。

奥の池の向こうでは甘酒がふるまわれている。写真を撮ったりしながら、みなそれぞれに園内の気になる場所をまわった。

梅園を出たあと、本門寺の方に向かって坂をのぼる。レストランがあるのも梅園とほぼ同じ高さの場所らしいが、このあたりは入り組んだ谷なので、いったん坂の上にのぼらないとレストランにたどりつけないらしい。

坂をのぼり、坂をおりる。おりていく途中で、これはいつも西馬込から池上会館に行くときに通る道だと気づいた。池上会館に行くときとは反対に向かって歩いている。坂をおりきったあたりに大きな建物と駐車場があった。

通るたびにいつもずいぶん広い駐車場だな、と思っていたが、この建物は寺の行事のために使われる会館なのだそうだ。本門寺の奥庭である「松濤園《しょうとうえん》」の前に建っており、レストランはその一階にある。

建物にはいると、すぐレストランの入口が見えた。奥の窓の向こうに池のある広い庭が見える。大きな日本庭園だ。

「あれが松濤園ですか」

陽一さんが訊いた。

「ええ。なかなか立派な庭でしょう？　ただ、ふだんは一般公開していないんですよ。公開されるのは年に一度だけで。僕は以前一度だけはいったことがあるんですが、ここから見るよりさらに広いんですよ」

航人さんが答える。

手前の席だと窓から松濤園が見渡せるようだが、わたしたちは奥にある個室に案内された。十名という団体のため、蒼子さんがあらかじめ席と料理を予約しておいてくれたのだ。落ち着いた場所で、なんだか少し緊張した。

ほどなく、注文してあった御膳が出てくる。小鉢に茶碗蒸し、お造り。それに小さなすき焼き鍋がついていて、旅館にやってきたみたいだった。お店の人がすき焼き鍋に火を入れ、しばらくするとおいしそうな匂いが漂ってきた。

食事をしながら、となりの蛍さんといろいろ話した。蛍さんは三月から会社の研修がはじまるらしく、次回の連句会には参加できそうにないと言っていた。

「就職後がどんな感じなのか、まださっぱりわからなくて……。だから、しばらく連句会にも顔を出せないかもしれません」

蛍さんがさびしそうに言う。

「慣れるまではお仕事優先だよね。無理して身体を壊したらたいへんだもん」

鈴代さんが言った。

「そうなんです。そんなに丈夫な方じゃないですし」

「慣れればまたいろいろできるようになるよ。ペースをつかむまでは焦らずに」

鈴代さんがにっこり笑った。

「はい。そうします」

蛍さんもうなずいて微笑んだ。

4

食事を終え、池上会館に移動する。会場は本館の小研修室だ。着いたのは三時少し前で、みんなで机や短冊を整えたり、お茶の支度をしているうちに大輔さんもやってきた。カメラの機材のはいった大きな荷物を持っている。

撮影は順調に進んだらしい。大森駅の前にある天祖《てんそ》神社から坂の上にのぼり、そこからのぼりおりをくりかえして熊野《くまの》神社まで行った。

その道が坂の迷宮みたいで、すごく楽しかったんですよ、と大輔さんは言った。桜井さんと父もそれぞれ集中して写真を撮っていたようで、ずっと無言の時間が続きました、と笑っていた。

「ではははじめましょうか。すでにお伝えしましたが、今日は時間が短いので半歌仙にしますね。いつもより短いとはいえ、表六句は時間がかかりますからね。油断していると終わらなくなってしまいますよ」

航人さんが笑った。

「まずは発句です。立春《りっしゅん》が過ぎましたので、今回から春。久子さん、啓さん、大輔さんもいらっしゃいますが、みんなで作って選ぶことにしましょう」

みな目の前の短冊を手に取り、ペンを握る。

春の句。梅園で梅を見たし、梅の句がいいかな。梅園の風景を思い返し、言葉を探す。だがなかなかうまく句にならない。まとまらないうちに、ほかの人たちがどんどん短冊を出していく。

「なかなかいい句が集まってきてますよ。『おだやかな池に映った白き梅』。『あの人もこの人もみな梅の中』。『あちこちにほこほこと梅ひらきおり』。『庭園の斜面に梅の咲き誇る』」

航人さんが出ている句を次々に読みあげていく。やはりほとんどが梅の句だ。

「ほこほこ」はきっと蛍さんの句だろう。

「さあ、どうしましょうか。まだ書いている方はいらっしゃいますか?」

航人さんがみんなを見る。わたしはどうにもまとまりそうになく、首を横に振った。陽一さんや大輔さんも首を振っているみたいだ。

「ではいま出ているなかから決めましょうか。どれも素敵ですが、今回は『庭園の斜面に梅の咲き誇る』にしましょう。今日の風景がよく出ていますから。これはどなたの句ですか」

　航人さんの言葉に桂子さんが手をあげる。短冊を受け取った蒼子さんがホワイトボードに句を書き写した。

「次は脇ですね。発句が春。梅は初春《しょしゅん》の季語ですから、ここは初春か三春《さんしゅん》の季語がいいですね。発句に寄り添った句で、体言止めですね」

　航人さんに言われ、みなペンを持って考えはじめる。久子さんや啓さんは早々に航人さんの前に短冊を置いた。蛍さん、萌さんも短冊を出す。

「『見上げて探すさえずりの主』にしようと思います。どなたの句ですか？」

　航人さんが訊くと、萌さんが手をあげた。

「梅園でうぐいすの声が聞こえたんです。でもどこにいるのかわからなくて」

「ああ、たしかに鳴いてましたね。まだあんまりうまくなくて……。わたし、あの練習中の鳴き声が好きなんですよ。あ、もうちょっと、みたいな感じで応援したくなるっていうか」

　久子さんがふふっと笑う。

「鳥の声は不思議ですよね。知り合いでインコを飼っている人がいるんですけど、人が言ったことを聞いて、ぶつぶつ練習するんですよね。最初はなにを言ってるのかわからないのに、だんだんうまくなっていく。変な間違い方をしたりして、それがまたおもしろいって言ってました」

　啓さんが言った。

「子どものころ飼っていたのでわかります。鳥は別に意味を理解してるわけじゃないんですよね。でも飼い主の声色を真似るから、感情がこもっているように聞こえる。それがおもしろくて笑っちゃうんですけど」

　蒼子さんが笑った。

「じゃあ、次にいきましょうか。第三ですね。春からはじまっているので、ここはもう一句春にしましょう。発句が他の句ですから、ここは自か自他半か場。発句脇からは一気に離れた感じがいいですね。『て』止めで、次に続く感じで」

　発句も脇も梅園を詠んでいる。梅園からはもう離れた方がいい。別の場所を詠む？　でも、どこにしても屋外だったら雰囲気が通《かよ》ってしまう気がする。じゃあ、室内？　あれこれ考えているうちに、ほかの人たちがどんどん短冊を出していく。

「いろいろ出ましたが、『ぴかぴかの入学準備号買って』と『大きくて古いかまどで独活《うど》を煮て』がいいなあ、と思いました。両方とも自の句ですね。『入学準備号』は書店に場所が移って、入学への期待と不安がよく出てる。かまどの方も独活の匂いが漂ってくるようで素敵なんですが、発句が梅で植物だから、ちょっと通ってしまうかなあ」

航人さんが短冊を見くらべる。

「独活も惜しいけど、ここはできるだけ離れた方がいいので『入学準備号』の方にしましょう。こちらはどなたの句ですか？」

「ありがとうございます。僕です」

啓さんがぺこっと頭を下げる。蒼子さんがホワイトボードに句を書き出した。

「では次は四句目。もう春は離れてもかまいません」

航人さんが言った。

打越は、さえずりの句だから場。となると、人がいる句が良いということだ。考えているうちに、陽一さんと鈴代さんが続けて短冊を出す。

「いいですね。『遊び疲れた息子背中に』。『父と一緒のボールペン持つ』。どちらも自他半で、父と子の句なのが不思議ですが、前が入学準備号だからですね」

航人さんが笑う。

「迷いますが、ここは『父と一緒のボールペン持つ』にしましょう。『息子背中に』もいい句なんですが、表なので『疲れ』はちょっと早いかな」

表六句では激しい言葉を嫌う。だから恋や死や神を出さない。病気も良くない。『疲れ』は病気というほどではないが、ここはネガティブな要素のないボールペン

の句の方がより良いということなのだろう。

「この句はどなたですか？」

航人さんの言葉に鈴代さんが手をあげた。

「さて、じゃあ、次は月です。ここは秋の月なので、月だけで大丈夫です」

航人さんが言った。

月は秋の季語。連句ではほかの季節の月を出すこともあるが、そういうときはその季節の月として読まなければならない。春なら「春の月」や「朧月」、夏なら「夏の月」や「月涼し」というように。最初は戸惑ったが、いまはすっかり慣れた。

「じゃあ、これは……」

久子さんがにこにこ笑いながら短冊を出す。

「すごい句が出ましたよ。『砂の降る近未来にも月のぼる』。ここはこちらで」

航人さんは即決し、短冊を蒼子さんに渡す。

「すごい斬新。これまで見たことない『月』じゃない？」

桂子さんがうなる。

「スケールが大きいですね」

大輔さんがうなずいた。

「ただ、ボールペンの親子の行く末が砂の降る近未来だと思うと悲しい気も……」

萌さんが笑った。

「たしかにね。でも壮大だし、こういう句はなかなか出ないですよね」

蒼子さんが言った。

「じゃあ、次はこれでどうですか」

啓さんがさっと短冊を出す。

『映画のあとの街肌寒し』。近未来の月は映画だった、という見立てですね」

短冊を見た航人さんが訊くと、啓さんがうなずいた。

「いいんじゃないですか。一句として見ても、映画館を出たときにリアルな外界に触れた感じがよく出ていると思いますし。ここはこちらにしましょう」

航人さんが言って、表六句が終わった。


裏にはいったところで、陽一さんが紙袋からみやびの梅の箱を出す。個包装になっているので、ひとつずつみんなにまわした。

「これが噂の水戸の梅のお菓子……。楽しみにしてたんです」

啓さんが言った。久子さんから今日のお菓子のことを聞いていたらしい。

「梅見をして、梅のお菓子を食べるなんて、贅沢よねぇ」

桂子さんがふぉふぉふぉっと笑う。

袋を開くと、丸くて少し緑がかった白色のお菓子が顔を出した。

「ちょっと緑がかってるんですね。青梅の色かな？」

萌さんがお菓子を見つめる。

ひとくちかじると、なかに青梅が丸ごとひとつはいっている。

「甘酸っぱいですね～。おいしい」

「求肥《ぎゅうひ》と白餡《しろあん》のなかに梅がはいってるんですね」

「すごくフルーティーで、いい香り」

鈴代さん、萌さん、蒼子さんが口々に言う。

「よかったです。お菓子にくわしいわけではないんですが、これだけは自信を持って勧められる、って思ってたんですよ」

陽一さんがうれしそうに言った。

「水戸の偕楽園《かいらくえん》の梅は有名なんですよね。梅まつりがあるとか」

大輔さんが言う。

「そうなんですか。僕はまだ水戸に行ったことがないんです。偕楽園、いいなあ。いつか行ってみたいです。連句の方たちは吟行《ぎんこう》はしないんですか？」

啓さんが訊いた。以前、短歌や俳句では吟行というものがあると聞いた。みんなで同じ場所を訪れ、観光しながら歌や句を作るのだ。

「吟行は楽しいですよね。いつもとはちがう場所で歌を作るのもいいんですけど、旅行自体がけっこう楽しくて。吟行で結束が固まったりするんですよ。ほら、長いことといっしょにいると、その人の意外な面が見えたりするじゃないですか」

久子さんが微笑む。

「僕も旅が好きなので、憧れはあります。連句の場合は巻くだけで時間がかかるからむずかしいでしょうか」

陽一さんが航人さんに訊く。

「いえいえ、連句でも旅には行きますよ」

航人さんが答える。

『『堅香子』ではみんなで旅行して、連句を巻いたりしてましたもんねぇ」

桂子さんが言った。そういえば以前、ひとつばたごの咲く時期に恵那《えな》のあたりを訪れたという話を聞いた。桂子さんや祖母は家のことがあるから行けなかった、と言っていたっけ。

「そもそも芭蕉《ばしょう》さんは旅が好きでしたからね」

「ああ、『奥の細道』とか……」

大輔さんが言った。

「そうそう。『漂泊の思ひやまず』って。現代人の考える旅とはちがうと思いますが、芭蕉さんは漂泊の人ですから。そして、各地の友を訪ねて歌仙を巻いた」

「そうですね」

「もともと、句はあたらしいものに触れることからはじまりますからね。遠いところにあるめずらしいものとはかぎらなくて、よく目にしているもののなかにあたらしさを見出すこともありますが。ただ、詩人も歌人も俳人も、みんな旅を好むものなんじゃないですか。みんなひとところにとどまらず、ふわふわしている。旅イコール詩だとも言えるでしょう。陽一さんもそうでしょう？　これまでに何度も引っ越ししてるって言ってましたよね」

航人さんがくすくす笑う。

「あ、まあ、自分の引っ越しはそういうことでは……」

陽一さんが困ったように笑った。

「まあ、ともかく、いつもとちがうものを見れば、いつもとちがう発想ができるものです。前に優さんを訪ねて深大寺《じんだいじ》に行ったときもそうだったでしょう」

去年の夏、詩人の優さんの案内で深大寺に行った。深大寺と神代植物公園をめぐり、優さんの家で連句を巻いたのだ。

「まあ、今日の梅見も一種の吟行ですよね」

蒼子さんが言った。

「そうそう。そして、このお菓子で水戸の梅を想う。連句で世界じゅうをめぐることもできますが、またいつかほんとうの遠出もしたいですね」

航人さんが笑った。

お菓子を食べ終わったところで、お母さんの介護があるため、啓さんは帰っていった。そして入れ替わりに悟さんがやってきた。

「ああ、よかった。まだお菓子がある」

「まだぎりぎりおやつタイムでした。さすが悟さん、勘がいいですね」

鈴代さんが笑う。

「おやつの時間までに行かないと、と思って急いで歩いた甲斐がありました」

悟さんはうれしそうにみやびの梅の包みを開ける。ひと口食べて、甘酸っぱさがいいですねえ、と目を細めていた。

裏の一句目は、表から続いて秋の句。蒼子さんの「ゆるゆると三味線鳴らす長い夜」が付き、次は蛍さんの「ぶどうしゅかもすひとのうたたね」。「葡萄酒醸す」が秋の季語らしい。

「酒が発酵するのと人のうたたねの組み合わせがなんともいいですね。全部ひらがななのもやわらかくて雰囲気が出てます。そして、夜、うたたねと続いて、もう恋の匂いがありますね」

航人さんがにっこり微笑む。

「ここはもっと本格的な恋句もほしいところよねぇ」

桂子さんが笑う。萌さんが天井を見あげ、指を折りはじめた。

「えーと、じゃあ、こんなのはどうですか」

そう言って、短冊を出す。

「うわあ、これはまたすごい句が来ましたね」

短冊を一目見て、航人さんが含み笑いをした。

『嫁《とつ》ぐまで気づかなかった悪い癖』」

航人さんが読みあげると、みんなからいっせいに、うわあ、という声が漏れた。

「出ましたね、萌さんのぞわっとする句。萌さんはこういう句、ほんとにうまいですよねえ。僕にはとても作れない」

悟さんが言う。

「褒めてるんですか、それ」

萌さんが悟さんを見る。

「褒めてます、褒めてます」

悟さんが笑った。

「こういう句はきりん座では見たことがないです。独特の鋭さがありますね」

大輔さんが言った。

「これは人生経験じゃないですか」

悟さんが笑った。

「でも、これにどういう句を付けたらいいのか……」

大輔さんが困ったような顔になった。みんなも少し苦しんでいるみたいだ。

「そしたら、これは？」

桂子さんが短冊を出す。

「ああ、これは……。これも怖い句ですね。でも、ここはこれくらいじゃないと太刀打ちできないかもしれない。『納屋の鏡に先妻が棲《す》む』」

航人さんが読みあげると、みんなまたしても、うわあ、と声をあげた。

「これもまた怖い……」

悟さんがうなった。

「中村苑子《なかむらそのこ》さんの『貌《かお》が棲む芒《すすき》の中の捨て鏡』を思い出しますね」

航人さんが言うと、桂子さんが、そうそう、と言った。

「わたしもその句のことを考えて作ったのよ」

桂子さんが笑った。

『貌が棲む芒の中の捨て鏡』って……強烈ですね」

蛍さんが感嘆する。

「中村苑子さんの句はどれもすごいわよ。あの世に半分つながってるような」

桂子さんが言う。芒の中の捨て鏡に棲んでいる貌。尋常な発想ではない。人の顔でありながら、もう人の心を失ってしまっている気がする。そうなるまで棲み続けているとしたら、それは人というより妖《あやかし》と言った方がいいのかもしれない。

俳句という短い形式でここまで広がりを感じさせることができるのか、と驚いた。

中村苑子さん。名前は聞いたことがある。あとで読んでみようと思った。

「読む人はみんな女性を想起するけど、句には女性の顔だって書いてないのよね。それだけじゃないのかもしれない。たとえば戦乱や災害のあとに散らばっている鏡かもしれない。そこにいろんな顔が棲んでる、とも取れる」

桂子さんが言った。

「それは怖いですね。怖いというか、悲しい……」

萌さんが言った。

「この句は先妻って限定してるから、本家より小さくなっちゃってるんだけど」

桂子さんが笑った。

「でも、付け合いとしてはいいですよ」

航人さんが言った。

「ああ、でもこれはまた付けるのがむずかしそうだ」

悟さんが頭を抱えた。

「そこをなんとか。ああ、そうか、半歌仙だから、このあたりで夏か冬を一句入れないといけないんだった。それで、二句先でその反対の季節の月を入れる。ここで夏を入れてあとで冬の月にするか、ここで冬を入れて、あとで夏の月にするか」

航人さんが思い出したように言う。

なんだか目まぐるしいが、春からはじまる半歌仙の場合、裏で夏と冬を入れた上にもう一度春に戻って終わる。そうしないと四季がすべてはいらないのだ。

みんなペンを持ち、短冊に向かった。しばし沈黙が流れた。わたしも考えないと。ホワイトボードに書かれた前の二句をながめる。

鏡の置かれた納屋のなかを想像した。古い建物。埃《ほこり》が溜まっていて、だれもいない。薄暗くて、窓からわずかに日が差し込んでくるだけ。表面が波打っているような古い硝子《ガラス》が頭に浮かぶ。風が吹けば、揺れてカタカタ音を立てそうだ。

だが、裏の一句目に三味線があるから音は良くない。それに、季節を入れないと。夏か冬。雨はどうだろう？　まだここまで雨は出ていない。夕立なら夏、時雨《しぐれ》なら冬の季語になる。「カタカタ」だとだぶってしまう。「ゆるゆる」があるから硝子に当たった雨が作る筋が頭に浮かび、「夕立の雨滴《うてき》が線を描《えが》く窓」と書いて航人さんの前に出した。

「ああ、いいですね、こちらにしましょう。『夕立の雨滴が線を描く窓』。場の句ですね。打越は人のいる句ですから問題ないですし。鏡と硝子は似ているけれど少しちがう。鏡は映すけれど、硝子は透けている。その対比がおもしろいですし、強い句からの抜け方がうまい」

航人さんが笑った。

「ほんとですね。こうやってその場にある別のものに目を向ければ、強い句の磁場から抜けられるのか。気持ちをいったん断ち切るのがいいんですね」

悟さんが言った。そこまで深く考えて作ったわけではなかったが、なんとか一句取ってもらえてほっとした。そういえば、大輔さんもまだ句が付いていない。

次は陽一さんの「札幌行きの特急に乗る」が付いた。わたしの句の窓を車窓に見立てた雑の句だ。そして、そのあとは月。わたしの句が夏だから、ここは冬の月になる。悟さんの「冬の月捜査本部の刑事たち」が付いた。

「昭和のテレビドラマみたいでおもしろいですね」

久子さんが笑う。

「じゃあ、次、これはどうですか」

それまで句を出せずにいた大輔さんが短冊になにか書き、航人さんの前に出す。

「いいんじゃないですか。こちらにしましょう。『肩組み合って地獄谷《じごくだに》へと』」

航人さんが笑いながら句を読みあげた。

「地獄谷って……？　温泉とかでしたっけ？」

萌さんが首をかしげた。

「いや、これはたぶん、大森の駅前の飲み屋街ですよね？」

航人さんが大輔さんを見た。

「はい。実は、次の『坂道ノート』のための撮影で、今日の午前中は大森近辺の撮影をしてたんです。一葉さんのお父さんの後輩で大森出身の方がいて、その方に案内してもらってたんですが、お昼を食べたあと駅に戻るとき、そういえばもうひとつすごく小さい坂があるんですけど見ていきますか、って言われて……」

大輔さんによると、大森駅の商店街から線路沿いの狭い路地に下りる階段があり、その下に小さな居酒屋がひしめいているのだそうだ。

「そこがむかしから『地獄谷』って呼ばれているんです。階段で下がったところにあるから、酔っ払うと上に戻れない。だから地獄谷。昼は単なる狭い路地ですが、夜ネオンがつくとなかなか魔境感があるんですよ」

航人さんが笑う。大輔さんも一句付いて、ほっとした顔だった。

その次には蛍さんの「米を炊くこれはいのちになる仕事」が付いた。

「これはこれでまた別の意味で強い句ですね。前の刑事たちや飲み屋街の男の世界から、台所の命につながる仕事につなげる。なかなか良い付け合いですよ」

航人さんが言った。それから蒼子さんの「袴《はかま》姿の娘微笑む」。卒業式の袴姿の句だが、袴自体は季語ではないから、雑の句である。

「さあ、じゃあ、次は花ですね。良い花を付けてください」

航人さんの言葉に、みんなしずかに短冊に向かう。一枚、また一枚と航人さんの前に短冊がならんでいく。わたしはいろいろ考えた末に、卒業式から旅立ちを連想して、「遠浅の海に花びら舞い散って」と書いて出した。

航人さんは目を細めて一枚一枚じっくりながめていたが、やがて一枚の短冊を手に取り、深くうなずいた。

「今日は、こちらにしましょう。『旅終えし人々歩む花あかり』」

ゆっくりと読みあげる。その句の言葉に、なぜか胸がぎゅっとなった。旅の終わりを迎えた人が、花のなかを歩いていく。あたたかさとさびしさが胸にじんわり広がって、なぜか祖母のことを思い出した。

旅の終わりが、人生の終わりのように思えたのかもしれない。さびしい。でも、悲しくはない。さびしいのにあたたかくて、春そのもののような句だ。

「これはどなたの句ですか」

航人さんが訊くと、久子さんが微笑みながら手をあげた。

「いい句ですね。今日の句を全部包みこむような……」

航人さんが言った。人々が歩いていく。旅のあいだはみんないっしょにいるけれど、旅が終わればばらばらばらになる。それぞれ別の想いを胸に秘めて花のなかを歩き、花あかりに溶けていく。

挙句《あげく》は鈴代さんの「日《ひ》永《なが》に願う幸多き明日」。タイトルが「近未来の月」に決まったときは、もう五時五分前だった。あわてて帰り支度をして、会場を出る。

もう日が暮れてきていた。池上駅の方に向かって歩いていく。寺の参道だけあって、古さを感じる街並みだ。あちらこちらに灯がともりはじめる。

ふいに、みんな旅の途中なんだな、と思った。ここにいるひとつばたごのメンバーも、きりん座の人たちも、それぞれの人生を歩むなかで出会い、心を通わせる。どこにでもある、でも大切なこと。

いつかひとつばたごのみんなでどこか遠くに行ってみたい。みんなで同じものを見て、同じ時間をすごして、連句を巻く。そんなことができたら楽しいだろうな、と思った。

半歌仙「近未来の月」　捌・草野《くさの》航人

庭園の斜面に梅の咲き誇る　桂子
　見上げて探すさえずりの主　萌
ぴかぴかの入学準備号買って　啓
　父と一緒のボールペン持つ　鈴代
砂の降る近未来にも月のぼる　久子
　映画のあとの街肌寒し　啓
ゆるゆると三味線鳴らす長い夜　蒼子
　ぶどうしゅかもすひとのうたたね　蛍
嫁ぐまで気づかなかった悪い癖　萌
　納屋の鏡に先妻が棲む　桂子
夕立の雨滴が線を描く窓　一葉
　札幌行きの特急に乗る　陽一
冬の月捜査本部の刑事たち　悟
　肩組み合って地獄谷へと　大輔

米を炊くこれはいのちになる仕事　蛍
袴姿の娘微笑む　蒼子
旅終えし人々歩む花あかり　久子
日永に願う幸多き明日　鈴代

六話「梅の咲く庭」に登場する半歌仙は、東直子さん、千葉聡さん、竹内亮さん、三辺律子さん、ゆきさん、江口穣さん、四葩ナヲコさん、長尾早苗さんと巻いた半歌仙を一部変更したものです。ご協力に深く感謝いたします。

26ページ1〜3行目：『青年』森鷗外著　新潮文庫（2016）7ページ15〜16行目より引用。

ほしおさなえ

1964年東京都生まれ。作家・詩人。1995年『影をめくるとき』が第38回群像新人文学賞優秀作受賞。2016年『活版印刷三日月堂　星たちの栞』が第5回静岡書店大賞を受賞。主な作品に、ベストセラーとなった「活版印刷三日月堂」シリーズのほか「銀河ホテルの居候」「菓子屋横丁月光荘」「紙屋ふじさき記念館」シリーズ、『琴子は着物の夢を見る』『祓い師笹目とウツログサ』『まぼろしを織る』『東京のぼる坂くだる坂』『金継ぎの家　あたたかなしずくたち』『三ノ池植物園標本室』（上下巻）、児童書「ものだま探偵団」シリーズなど多数がある。

だいわ文庫

言葉《ことば》の園《その》のお菓子番《かしばん》　大切《たいせつ》な場所《ばしょ》

著者　ほしおさなえ

二〇二五年三月一五日第一刷発行

発行者　佐藤 靖

発行所　大和《だいわ》書房

東京都文京区関口一−三三−四　〒一一二−〇〇一四

電話 〇三−三二〇三−四五一一

フォーマットデザイン　鈴木成一デザイン室

本文デザイン　田中久子

本文イラスト　青井 秋

本文印刷　信毎書籍印刷

カバー印刷　山一印刷

製本　小泉製本

ISBN978-4-479-32122-4

乱丁本・落丁本はお取り替えいたします。

https://www.daiwashobo.co.jp